桜花の露

恋女房は五月の空へ

山村達夫
YAMAMURA TATSUO

幻冬舎 MC

桜花《おうか》の露《つゆ》

恋女房は五月の空へ

人の命は儚いものだ。世は生者必滅というけれど、大病を患うとは何とも痛ましい。

それはそれは桜の花のような生涯だった。華やかに咲いて静かに散った。

この世に生まれて人生の伴侶との死別ほど悲しい、寂しい、つらいものはない。

会者定離のたとえのとおり、別れは突然にやってきた。

五十一年の時を経てとても悲しい、とても寂しい、とてもつらい別れが待っていた。

令和二年五月六日、恋女房ふさ枝が死んだ。無情の風とともに五月の空へ。享年七十歳。

悲しみと寂しさを残して悠久の空へ旅立った。七十二歳の私は一人ぼっちに。

生きがいを奪われた。心の支えを奪われた。

なんという数奇な運命だろうか。なんという無常の世だろうか。


妻ふさ枝は病魔に冒されていた。病名はすい臓がん。

妻ふさ枝の命を奪った病魔がとても憎い。家族の幸せを奪った病魔がとても憎い。
あの優しい心にもう会えない。あの優しい笑顔はもう見られない。
あの元気な声はもう聞けない。あの元気な姿はもう見られない。
妻ふさ枝の最期の姿が脳裏に焼きついて離れない。
「お父さん、助けて、助けて」と何度も言うのに助けてあげられなかった。
悔いが残る、痛恨の極みと言うほかに言葉がない。

こんなに早い別れになろうとは、とても悲しい、とても寂しい、とてもつらい。
一人ぼっちはとても悲しい、とても寂しい、とてもつらい。涙が溢れて止まらない。
こんなに悲しい、寂しい、つらい涙は、人生の伴侶との死別をおいてほかにはない。
いま溢れて止まない涙は、父の死に直面した時の悲しみの涙とは明らかに違う。
いま溢れて止まない涙は、母の死に直面した時の悲しみの涙とも明らかに違う。
いま溢れて止まない涙は、恋女房ふさ枝に先立たれた男の情愛の涙に違いない。

誓い合って夫婦になった仲なのに。
二人で人生の荒波を乗り越えてきたのに。二人で波乱万丈の人生を歩んできたのに。

同じ屋根の下で家族仲よく幸せに暮らしていたのに。

孫たちの成長を共に喜び、楽しく元気で暮らしていたのに。

私より先に逝くなんて想像をしたこともない。いつまでもいつまでも私の傍にいてくれると信じていた。

世間にいる年老いた夫婦のように九十歳、いや、百歳と老いるまで一緒だと信じていた。


私とともに歩んだ人生で幸せだったと感じてくれただろうか。

私とともに暮らした人生で良かったと感じてくれただろうか。

今や人生百年という時にあってなんという短い生涯だろうか。

今はただ、ふさ枝に会いたい。あの優しい心に会いたい。

第一章　交番巡査と看護師の恋

私は、生まれて初めて恋をした。稲葉ふさ枝に恋をした。

稲葉ふさ枝に出会い生まれて初めて恋を知り、その恋に溺れて流された。

二人が初めて出会ったのは私が二十二歳、稲葉ふさ枝十九歳の時。私は福井県巡査。

拝命は昭和四十三年四月一日。敦賀警察署神宮前派出所勤務。稲葉ふさ枝は市立敦賀病院の看護師。

私とふさ枝は不思議な出会いだった。まさしく運命の出会いだった。

広い、広い世の中で私とふさ枝は運命の赤い糸で結ばれていた。

私が神宮前派出所の巡査でなかったらふさ枝と出会っていなかった。不思議な巡り会わせだった。

妻亡きあと、除籍謄本を見て驚いた。ふさ枝の亡き父の誕生日が大正七年六月二十日。

私の誕生日は昭和二十二年六月二十日。奇しくもふさ枝の亡き父と誕生日が同じだったのだ。不思議な縁で繋がっていた。まさしく奇縁だと思った。妻の亡き父が私とふさ枝を引き合わせてくれた。二人を結び付けてくれた。

私とふさ枝は、一途に愛し合った。寸暇を惜しんで愛し合った。まさに熱愛だった。

私は、昭和四十四年三月二十五日、福井県警察学校を卒業し、同期生六人とともに敦賀警察署配属となった。

私は、外勤課に配置され神宮前派出所勤務を命じられた。いわゆる、交番勤務だった。市民からは「交番巡査」と呼ばれていた。

交番勤務は、二十四時間勤務で当番、非番の繰り返し。新任巡査の神宮前派出所勤務は私が初めてだと聞かされた。新任巡査は、上司や先輩たちから警察の実務について厳しく指導を受けた。

神宮前派出所管内は、事件や事故が多かった。非番の日でも書類の作成や非番勤務を命じられるなど非常に激務だった。

勤務時間中は、拳銃を所持して勤務していること、街頭活動で市民から注視されていること、不意に上司の監督巡視もあることなどから緊張の連続で非常に疲れる勤務だった。

本署外勤課の上司三人は、若い独身の巡査に対し異性との交遊について厳しかった。特に、私は、上司から事毎に異性との交遊について厳しく指導を受けた。

「君は、警察学校を五十八人中三番の成績で卒業をしている。将来性に期待しているんだよ。昇任試験の勉強に一生懸命になれ。女の子と付き合っている暇はないぞ。異性との交遊でつまずくな、女性問題を起こすな。将来を棒にふるな」

監督巡視の際も上司から異性との交遊について過去の事例を挙げて長々と指導を受けた。


二十二歳の私には彼女がいなかった。女の子と交際をしたことも見合いをしたこともなかった。私は、車を持っていなかった。

八月の終わりの非番の日、一人で東映会館へ映画を観に行った。偶然に同期生で敦賀駅前派出所勤務の久保典孝巡査も非番で映画を観に来ていた。彼は、女の子を二人連れていた。

彼から「喫茶店で女の子と話をしようか」と誘われ、四人で近くの喫茶店へ行った。

女の子は、二人とも市立敦賀病院の看護師だった。女の子の名前は、中山恵子、田中洋子と言っていた。

彼女らは、松原海水浴場の水難救護所に看護業務で派遣されて勤務していた。この時、隣接の臨時派出所で勤務していた久保巡査と知り合い、彼が二人を映画に誘った。

私は、神宮前派出所で勤務していることなど話した。

四人で話し合っているうちに、久保巡査が「俺は、中山恵子と付き合うから。お前は、彼女がいないのだから田中洋子と付き合ってみたら」と言い出した。

その後、田中洋子と二回会った。けれども、私の好みの女の子ではなかった。会っていても楽しくない。話も合わない。何故か気乗りがしない。

彼女にしたい、付き合いたいという気持ちになれなかった。もう会いたくないという気持ちになっていた。

ある日、田中洋子が勤務時間中に訪ねてきた。交番の前を通る国道八号線の神宮前交差点での交通監視の任務中だったが、その任務をやめて交番の前の歩道で田中洋子と立ち話をした。

このときの様子を監督巡視に来た本署外勤課の上司、中西清志巡査部長に見つかった。

「上司が監督巡視に来たから」と告げてすぐに立ち話をやめて別れた。

交番の中に入ると上司が私の勤務日誌を見ていた。いきなり上司から「公務執行中だぞ。何をしている。勤務日誌を見ると交通監視の時間ではないか、女の子と話をしている場合か。今の女の子とはどういう関係や、何の用事や。何を話していた」と乱暴な言葉づかいで問い詰められた。

私は上司のあまりにも乱暴な言葉づかいに返答できなかった。

さらに、「若い巡査の異性交遊は、警察の信用失墜につながる。異性との交遊が原因で免職になったケースが多い。異性との交遊は、結婚を前提でなければだめだ。女の子と二人だけで会うな、一線を越えるな、問題を起こすな。市民は、君たち若い巡査の一挙手一投足を注視している。油断をするな、服務規律を守れ。今後はこのようなことのないように、気を引き締めて忠実に勤務するように」と長々と厳しく指導を受けた。

上司が帰ったあと、相勤の先輩からも「新任巡査のくせに何を考えている。勤務時間中に女の子が訪ねてくるとは何事や、公私混同や。問題になるぞ、懲戒処分を受けるぞ。気をつけろ、もっと慎重に行動しろ、真面目に勤務しろ。勤務時間中に訪ねてくるような非常識な女の子とは二度と会うな。わかったか」とものすごい剣幕で怒鳴られた。先輩のものすごい剣幕に私はビビってしまった。上司や先輩のあまりにも厳しい指導に反論できない、従うしかないと思った。

上司や先輩から目を付けられ、私生活も干渉されているように感じた。巡査の異性交遊は難しいものだと思い、異性との交遊が怖くなった。

田中洋子に「上司に目を付けられてしまった。上司や先輩が異性との交遊に厳しい。女の子と二人だけで会うな、一線を越えるな、問題を起こすなと厳しく指導を受けたから、これからは二人だけで会うことはできない。もう会いたくない」と告げた。その後、彼女からの連絡が途絶えた。

十一月のはじめの休日、田中洋子が、「同じ職場の女の子を連れて行く。夕方六時に駅前の喫茶店で待っているから」と連絡をしてきた。

どんな女の子を連れて来るのだろうかと興味が湧いた。急に連れの女の子に会ってみたくなった。とにかく会ってみよう。三人ならいいだろう。上司や先輩に説明がつく、言い訳ができると思った。「連れの女の子に会ってみたいから、喫茶店へ行ってもいいよ」と伝えた。

いい女の子に会えるだろうかと期待しながら時間がくるのを待った。

同期生の車を借りて夕方六時に敦賀駅前の喫茶店へ行った。店内に入ると十人ぐらいの客がいる。その客の中に二人連れの若い女の子がテーブルに座り私を待っている。連れの女の子を見て急に緊張し、胸の鼓動が早くなった。連れの女の子は、私の好みの容姿、風貌の女の子だった。とてもいい女の子に出会ったと思った。とても見映えのいい女の子だと思った。こんなに見映えのいい女の子が白衣の天使かと思い、彼女の白衣姿を連想した。

不思議な運命を感じた。不思議な縁を感じた。

連れの女の子は、私と目が合うと微笑み、立ち上がって会釈をしてくれた。その瞬間、彼女の大きな瞳と優しそうな微笑みに心を奪われてしまった。彼女に見惚れてしまった。色白で髪が長く、背も高い、立派な体格の女の子だ。目元、口元に不思議な魅力があり、職務上知り合った女の子とは全く違う不思議な雰囲気を感じた。今まで出会ったことのないとても魅力的な女の子だと思った。たちまち気に入ってしまった。

緊張しながら連れの女の子の前に立ち、若者らしく、巡査らしく姿勢を正した。彼女の大きな瞳を見ながら精いっぱい心を込めて自己紹介をした。

「名前は山村達夫と言います。昭和二十二年六月二十日生まれの二十二歳です。神宮前派出所で勤務しています。階級は巡査です」と。

自己紹介をした後、連れの女の子と向き合って座った。彼女も緊張しているように見えた。間近に見る彼女は、とても目力のある魅力的な女の子だと思った。とても初《うぶ》で、清潔そうな女の子だと思った。

思い切ってその子に話しかけた。彼女の大きな瞳を見つめながら。最初に職務質問をするみたいに名前と年齢を聞いた。「名前を教えて、年はいくつなの」と。

彼女は、名字を「稲葉」と教えてくれた。年は十九歳だと。

「名前は稲葉なんというの」と聞いたが、微笑むだけで教えてくれなかった。何回聞いても微笑むだけだった。稲葉さんはなんという名前だろうかと女の子らしい、いろいろな名前を想像した。私は、巡査なのになぜ教えてくれないのだろうかと不思議に思った。

稲葉さんに勤務のことなど聞かれた。

「交番勤務は、二十四時間勤務で当番、非番の繰り返し。当番、非番を三回繰り返すと休みになる。明日は当番なので出勤する、明後日は非番になる。交番勤務は、事故や事件が多くて激務のうえ、緊張の連続で非常に疲れる。非番や休みの日でも強盗事件やひき逃げ事件が起きると非常召集がかかることがあるので気が休まることがない。警察官舎はあるけれど独身寮がないので、開町の民家で同期生と下宿生活をしている。非番や休みの日は、下宿で休んだ後、銭湯へ行ってから、同期生を誘って映画を観に行ったり、喫茶店で駄弁ったりして過ごしている」

彼女は、私の話を真剣な眼差しで聞いてくれた。

彼女の真剣な眼差しから私に対して興味を持っているような雰囲気を感じた。

稲葉さんに仕事のことを聞いた。

「市立敦賀病院の第二病棟で勤務しているわ。交通事故などで入院している患者が多くて、勤務は三交代制で夜勤もあるの。同じ勤務が六日続くと休みになるのだけど今日も夜勤で午前零時半からの勤務なの」と答えてくれた。また、「運転免許証を持っていて、軽自動車で通勤してるのよ」とも教えてくれた。

彼女の受け答えはとても丁寧だった。とてもおとなしくておおらかな感じの女の子だと思った。きっといい家庭育ちの女の子に違いない。

彼女の目を見つめて話し合っていると不思議な雰囲気を感じた。

彼女の表情や立ち居振る舞いから、私に対していい印象を持ってくれているに違いない、好意を持ってくれているに違いないと勝手に思い込んでしまった。

初対面なのに話も弾み、次第に親しみが湧いてきた。緊張感も薄れて心も和み、二人の距離が近くなるのを感じた。

純真で笑顔が魅力的なとても感じのいい女の子だと思った。とても愛しい、可愛いと感じた。彼女の不思議な魅力に惹かれ、好意を抱いてしまった。

付き合うならこの子だ。誘ってみたい。心を射止めたい、嫁にしたい。

初めて出会った女の子にこんな感情を抱いたのは生まれて初めての体験だった。

でも、こんなに見映えのいい女の子なのできっと彼氏がいるだろうと思った。彼氏の存在が気になり、「彼氏はいるの」と聞いた。

すると、意外なことに「彼氏はいないの」と言う。

彼女のその言葉を聞いて、こんなに可愛い女の子に彼氏がいないはずはない、嘘だろうと思った。

再び聞いた。

「本当に彼氏はいないの。信じてもいいの。信じてしまうよ」

「彼氏は本当にいないの。信じていいよ、信じて」

彼女の真剣な眼差しでの返答ぶりや表情から彼氏の気配を感じなかった。彼女の「彼氏はいないの」という言葉を信じて急に興味が湧いた。私の彼女にしたいと思ってしまった。

次に会う約束を取り付けたい、付き合うきっかけを作りたい、早く彼女にしなければと焦りを感じた。


稲葉さんが午前零時半からの夜勤だというので勤務先の病院まで送ることにした。三十分ほどで喫茶店を出ると彼女が後部座席に座った。病院まで送る道中、私は、早く稲葉さんと二人きりになりたいと焦ってしまった。

田中洋子に「先に送るから」と告げた。稲葉さんが「私を先に送って」と言うだろうと思ったが何も言わなかった。田中洋子を自宅近くのバス停で降ろした。

稲葉さんと二人きりになるとまた緊張した。

彼女のことをもっと知りたい、このまま帰したくない、もっと一緒にいたい、彼女のすべてが欲しい。

運転をしながら思い切って誘ってみた。

「稲葉さんのことをもっと知りたい。話をしたいから。助手席へおいでよ」

「私もあなたのことをもっと知りたいの。話し合いたいの。助手席に座らせて」

快く応じてくれた。車を停めるとすぐに彼女が助手席へ移動した。


彼女に勤務時間のことを聞いた。

「もっと話をしたいけど時間はあるの。大丈夫」

「時間は大丈夫よ。まだ病院へ行かなくてもいいの」と答えてくれた。


次に会う約束を取り付けるチャンスだと思った。このチャンスを逃したくないと焦った。彼女に断られるかもしれないと思いながら誘ってみた。

「稲葉さんをこのまま帰したくないよ。もっと一緒にいたいよ。松原海岸へ行こうか。そこで話をしようか。どうする」

彼女は断らなかった。うんと頷き、「まだ病院へ行きたくないの。帰りたくないの。行ってもいいよ」と言って快く応じてくれた。

彼女の心を射止めるチャンスだと思った。こんなチャンスはめったにないだろうと思い、松原海岸へ急いで車を走らせた。松原海岸へ着くと駐車場に車を停めた。辺りを見渡すと車が五、六台停まっていて、穏やかな波の音が聞こえる。

彼女は、巡査の私を信じている様子で、何も警戒する素振りはなかった。

月明かりの寒い夜だった。夜の浜辺の車の中で趣味のことなどいろいろな話をした。

「稲葉さんは何が趣味なの。私はソフトボールをやっていたけど」

「そうなの。私は絵を習っているの。絵の教室に行っているの」

彼女の優しい笑顔を見ながら話し合っていると何故か打ち解けてきた。緊張感もなくなり、心も和んできた。彼女の不思議な雰囲気に呑まれ、いい匂いに酔ってしまった。

話が途切れて彼女と無言のまま見つめ合った。

彼女の目を見つめていると不思議な気分になる。彼女を抱きしめたい、全てが欲しいと欲情してしまった。

いきなり彼女の手を握った。生れてはじめて女の子の手を握った。彼女は何も言わず、抵抗しなかった。

彼女の肩を抱き寄せた。今度こそ抵抗されると思ったがまたも彼女は抵抗しなかった。

彼女の体の温もりと長い黒髪のいい匂いを感じた。

彼女を強く抱き寄せると口づけを交わす雰囲気になってしまい、お互いためらうことなく唇を重ね合った。初対面であまり時間も経っていないのに口づけを交わしてしまった。

これが口づけなのかと感動した。

女の子の手を握ったのも、口づけを交わしたのも彼女が初めてだった。

彼女の唇は、ふくよかで、温かくてとてもいい感触だった。

彼女の唇のいい感触を覚えてしまった。体の温もりと長い黒髪のいい匂いも。

それから先は、上司から「女の子と二人だけで会うな。一線を越えるな。問題を起こすな」と厳しく指導を受けていたのでためらってしまった。

初対面なのに、巡査なのにと思うと気が引けて一線を越えることができなかった。

口づけを交わしたあと彼女の目を見た。彼女は、恥ずかしそうな目をして私を見ていた。

「初対面なのに、巡査なのにこんなことをしてごめん。気分を害したらごめん。稲葉さんが初めて口づけを交わした女の子だよ。生まれて初めての恋が始まる予感がするよ」

「いいの、私もあなたが初めてよ。喫茶店であなたと会ってとてもいい人だと思った。不思議な雰囲気を感じてしまった。あなたに好意を抱いてしまった。早くあなたと二人きりになりたかった。あなたと恋に落ちるかもしれない。不思議なご縁ね」

私は、彼女の言葉を聞いてうれしくなった。

二人の距離が一気に近くなり彼女と心の糸が繋がったと思った。


彼女と次に会う約束を取り付けなければと焦った。

「次の休みの日に会いたい。会ってくれる」と言って誘うと、「私も会いたい。会ってもいいよ」と快く応じてくれた。次の休みの日に会う約束を取り付けた。

続けて連絡方法を聞いた。

「電話を掛けたいから番号を教えて。勤務先の病院へ電話を掛けてもいい」

「勤務先の病院へ電話を掛けてきてもいいよ。電話をして」と言って病院の電話番号を教えてくれた。

私は、下宿に電話がないので警察電話を教えた。

「本署へ電話をかけると交換手が出るから、そうしたら神宮前派出所と言えば繋がるから」と。

彼女と長く付き合いたいと思い、

「腕時計を交換しようか、稲葉さんに長く付き合ってほしいから」

と持ち掛けた。

「交換してもいいよ。交換しよう」

と言って快く応じてくれた。

彼女が自分の腕時計を外して渡してくれたので、私も腕時計を外して彼女に渡した。

彼女の腕時計は女の子の持ち物らしい腕時計だった。とてもいい匂いがした。

彼女の勤務の時間になったので勤務先の病院まで送ることにした。病院までの道中、

「休みの日に電話を掛けるよ。いい？」と尋ねると、「いいよ、電話を掛けて。待っているからね」と応じてくれた。

病院へ着くとこのまま別れたくない気分になってしまった。

病院の駐車場で彼女の勤務時間ぎりぎりまで話し合った。

彼女のことを思い浮かべながら帰った。

生まれて初めて女の子と口づけを交わし、うれしい気分になった。

その反面、初対面なのに、巡査なのに、上司から厳しく指導を受けているのにと思い後悔もした。

彼女のことを思い出し眠れなかった。

今日は、私の好みの容姿、風貌のとても魅力的な女の子に出会った、喫茶店へ行って良かったと思った。

初対面であまり時間も経っていないのに口づけを交わしてしまった。名前も知らないというのに。

次に会う約束もしてくれた。腕時計も交換してくれた。なんと幸運だろうか。不思議な出会いだと思った。

これから先、稲葉さんよりいい女の子に出会うことはないだろう。

この出会いを、このご縁を大切にしなければと思った。

上司から厳しく指導を受けていたが、上司の言うことを聞いていたら彼女とのご縁が切れてしまう。彼女に忘れられてしまう。

上司の指導を無視して稲葉さんを私の彼女にしようと決めた。

早く交際を申し込まなければほかの男に先を越されてしまう、この機会を逃すと一生悔いが残ると思った。

明後日の非番の日にデートに誘い、交際を申し込もうと心に決めた。

どのように言って交際を申し込もうか、彼女は受け入れてくれるだろうか、断られはしないだろうかなどといろいろ考えていると眠れなかった。


翌日の当番勤務中、稲葉さんと初めて出会った昨晩の出来事が気になった。

初対面なのに口づけを交わし、彼女に嫌われたのではないかと心配になった。

彼女の腕時計をはめて勤務していると無性に電話を掛けてみたくなった。思い切って彼女の夜勤中を見計らい、交番近くの公衆電話から電話を掛けた。私用で警察電話を使うと交換手に盗聴されて上司に密告されると思ったから。密告されると上司から厳しく注意、指導を受けることになりかねない。

深夜の休憩時間中に先輩の目を盗み、急いで公衆電話へ走った。早速電話を掛けて彼女に嫌われるかもしれないと思いながら電話を掛けた。

夜勤中の彼女を呼び出してもらった。電話口から「稲子、彼氏から電話だよ」と言う声が聞こえた。彼女が電話に出てくれた。

「昨日はごめん。明日は、非番なので会いたい。都合はどう」

「私も会いたいの。電話を掛けようと思っていたの。明日は夜勤明けなので会ってもいいよ。私の車で迎えに行くからね」

私からの電話を待っていたかのような弾んだ声で、とても感じのいい声だった。

彼女に嫌われていなかったと思い、とてもうれしくなった。

「明日は非番なので午後二時に敦賀駅で待っているから」

「わかったよ。必ず行くから待っていてね」

私にとって生まれて初めてのデートの約束だった。

非番で稲葉さんのことを思い浮かべて休んでいた。

約束を守ってくれるだろうか、どんな車で迎えに来てくれるのだろうかなどと思いながら待っていた。約束の時間が待ち遠しかった。

約束の時間に間に合うように敦賀駅まで歩いて行った。

敦賀駅の入口で待っていると一台の軽自動車が私の傍で止まった。

窓越しに見ると稲葉さんが笑顔で手を振っている。

彼女が軽自動車で迎えに来てくれた。私との約束を守ってくれた。とてもうれしい気分になった。

初めて彼女の助手席に乗せてもらった。私は、女の子の車に乗せてもらうのは生まれて初めてだった。

この時、給油のため気比神宮前のムラタ給油所に立ち寄った。

「ダッシュボックスの中の給油チケットを取り出して」と言うのでボックスを開けると、中に給油チケットが入っていた。

給油チケットの表紙を見ると片仮名で「イナバフサエ」と書いてあった。

給油チケットを見て初めて「フサエ」という名前だと知った。

「稲葉フサエという名前なの。どんな字を書くの」

「そう、フサエという名前なの。ひらがなのふさと漢字の枝という字を書くの。おじいさんが付けてくれた名前なの。古臭い名前でしょう。恥ずかしいの」

「いい名前だと思うよ。古臭い名前だと思わないよ」

「おじいさんが女性初の国会議員、市川房枝にあやかって付けてくれた名前なの。名前が古臭くて恥ずかしいと思っているので、初対面のあなたにどうしても言えなかったの」

私と結婚すると「山村ふさ枝」になるのかと想像した。

給油のあと敦賀半島にある原子力発電所までドライブに行った。

原子力発電所までの道路は、海辺に沿っていてカーブの連続。最高速度も四十キロメートル規制になっていた。

彼女の運転ぶりに驚いた。巡査の私が同乗しているのに交通違反ばかり。

速度違反はする、踏切は止まらない、一時停止はしない、黄色信号は無視。これでは交通事故になってしまう。交通事故になったら上司に知れて処分を受けてしまう。

怖くなり早く降りたいと思った。


原子力発電所へ向かう道中、「私のニックネームは稲子というの。職場のみんなが稲子と呼んでいるの」と教えてくれた。稲葉という姓と有馬稲子という女優の名前からきているという。有名女優の名前がニックネームと聞いて彼女の風貌に合っていると思った。

「稲子っていうニックネームはとてもいい感じだと思うよ。これから稲子と呼んでいい」

「これから私のことを稲子と呼んで。ふさ枝という名前は古臭くて恥ずかしいからね」

それ以来、稲葉ふさ枝さんのことを「稲子」と呼ぶようになった。

原子力発電所に着くと公園の駐車場で車を止め、海の見える景色のいい場所を散策した。

手をつなぎ話し合いながら散策した。

初めてのデートで好きな女の子と手をつなぎ、話し合いながら過ごす時間はこんなに楽しいものなのか。

心も弾み、交番勤務の疲れも取れてとてもいい気分になった。彼女と一緒にいると心の安らぎを覚えた。

機を見て彼女とつないだ手を引っ張り抱き寄せ、力いっぱい抱きしめた。

お互いにためらうことなく恋人同士のように口づけを交わした。彼女の唇のいい感触と体の温もりと長い黒髪のいい匂いを感じた。

彼女と抱き合い見つめ合っていると、交際を申し込むチャンスだと思った。

「稲子を好きになってしまった。私と付き合って欲しい。生まれて初めての彼女になって欲しい。非番、休日は会って欲しい」と言って強く抱きしめた。

彼女は「だめ、嫌よ」とは言わなかった。

「付き合ってもいいよ。交際を申し込まれたのはあなたが初めてよ」

彼女と付き合う約束を取り付けたと思うととてもうれしい気分になった。

私の父母のこと、家業のこと、五人兄弟で長男だということなど全部話した。美山町の山の中の集落で生まれた、父憲男四十九歳、母ハツヱ四十六歳、弟二人、妹二人の七人家族で製材業をしている、農業もしていると話した。

彼女から住所や家族のことを聞いた。住所は、敦賀市高野だと教えてくれた。高野集落は、私が神宮前派出所勤務になってしばらく経った四月の終わりの夕方、専門学校帰りの若い女の子が痴漢に襲われるという事件があった集落だった。本署からの命令でその事件の現場保存の任務で行ったことがあった。事件現場は、高野集落のはずれで、道路を挟んで両側が竹藪の続く薄暗い場所だった。

彼女の誕生日は、昭和二十四年十二月二十八日だと教えてくれた。祖母と母、兄妹の五人家族だということも。

この時、彼女に父親のいないことを知った。

彼女の父は、若いころは近衛兵だった。小学五年生の時病気で亡くなったそうだ。私は両親に育てられたのに、彼女は幼いころに父と死に別れたと聞いてとても不憫に思った。父親の存在と愛情を知らないで育った彼女を愛おしく思った。

私と結婚し、私の両親と暮らして父親の存在と愛情を感じて欲しいと思った。

「小さいころ、妹と二人で高野集落のはずれの坂の下で父の帰りを待っているとパンを買ってきてくれたの。そのパンを食べながら父の手伝いで荷車を押したのよ」と話してくれた。

そのほか父とのいろいろな思い出も話してくれた。彼女の父の姿を想像した。

彼女の思い出話を聞いて自分の幼いころの記憶が甦り、家の前で家族全員で記念写真を撮ったことなどの思い出を話した。

次の非番の日に会う約束をした。帰りに開町の下宿まで送ってもらった。

「この家が私の下宿で、木村隆という家だよ」と教えた。

今日の彼女とのデートが私にとって生まれて初めてのデート。彼女の優しい笑顔に癒された。交番勤務の疲れも取れて心も和み、私にとって忘れられないとても楽しい一日となった。

次のデートの時、「初対面なのになぜ私と口づけを交わしたの」と聞いた。職場の同僚から神宮前派出所の巡査に会ってみないかと誘われた。通勤の途中、気比神宮前の交差点で見かける若い巡査のことだと思った。あの巡査なら会ってみたいと思い同僚について行った。あなたを初めて見てとてもいい人だと思った。不思議なご縁を感じた。話し合っているうちに私の彼氏になって欲しい、早くあなたと二人きりになりたいと思ってしまった。松原海岸で話し合っていると不思議な雰囲気に呑まれてしまい、初対面なのにあなたと初めて口づけを交わしてしまった。勤務中もあなたのことが気になった。次に会う約束の電話が待ち遠しかった。交際を申し込まれたら快く受けようと心に決めたと答えてくれた。彼女の言葉を聞いてうれしくなった。

彼女の住んでいる家を見たくなり、当番の日、交番に備え付けてある地図で彼女の住んでいる高野集落を確認した。高野集落は、市街地から離れた敦賀トンネル温泉の近くだった。

翌日の非番の日に先輩の車を借りて彼女の家を見に行った。

高野集落は、戸数の多い集落だった。一戸一戸表札を見て回ったが、彼女の家を見つけられなかった。どうしても彼女の家を見たかったので交番へ戻り地図を見直し、メモを持ってもう一度見に行った。

今度は、高野集落の反対方向から探せば見つけられるのではないかと思い、集落の一番端の大きな家の表札を見た。

家族の名前の中に「ふさ枝」という名前がある。この家が彼女の家に違いない。

二階建ての瓦屋根の大きな家だ。土蔵と農作業小屋、車庫もあるとても立派な構えで、思わず私の生まれたみすぼらしい茅葺の家と比べてしまった。

彼女は、この大きな家で生まれて育ったのかと感動した。

彼女が見合いをしたことがあるのか気になって聞いてみた。

「私は見合いをしたことは一度もないけど、稲子は、見合いをしたことがあるの」

「職場の婦長に頼まれて一度だけ見合いをしたことがあるの。見合い相手の家まで行ったことがあるの」

その見合いのいきさつも教えてくれた。病棟の婦長が入院患者の男性から「稲葉ふさ枝を気に入っている。息子の嫁に稲葉ふさ枝を欲しい。息子との見合いを進めて欲しい」と頼まれたのだという。

その見合い相手の住所、氏名を教えてくれた。彼女の好みのタイプではなくて気が乗らなかったので婦長を通じて断ったそうだ。

私は、折角見込まれて見合いをしたのになぜ断ったのだろうか、彼女は、どんな男と見合いをしたのだろうかと気になった。

彼女の男関係が気になった。男関係のことをしつこく聞いた。

「今までに男と交際し関係があったのならもう会いたくない。交際はこれきりにしよう」と告げると、「男の人と交際をしたことはない。男関係なんてないよ。男の人との交際はあなたが初めてだから。本当よ、信じて」と強い口調で否定した。

「男関係がなかったのなら交際を続けてもいい。明後日の非番の日の午後六時に敦賀南小学校の校門前で待っているから」と告げた。

その日、早めに敦賀南小学校の校門前へ行った。

彼女は来るだろうかと思いながら待っていると、彼女が車でやってきた。

時間どおりやってきたので男関係はなかったものと信じた。

とても正直な女の子だと思った。

「気分を害するようなことを言ってごめん。稲子を信じるよ。これからも付き合って。仲よくしよう」

と言って謝ると、

「いいの、信じてくれてありがとう。男関係はないの。これからもあなた一筋についていくから。仲よくしてね。私の傍にいてね」

と言って許してくれた。

彼女に男関係がなくてよかったと安堵し、ますます彼女を気に入った。

このとき、彼女が、

「私と真剣に付き合う気があるの。真剣に付き合ってよ。私は真剣だからね」

と強い口調で言う。彼女の強い口調に私のことを真剣に考えてくれていると感じ、

「真剣に付き合っているよ、稲子のことを真剣に考えているよ、大切にするよ」

と答えた。

彼女が交番へ電話をかけて私が風邪をひいて寝込んでいると知ったのだろう。

夕方、彼女が下宿へ薬を持ってきてくれた。下宿のおばさんと彼女が初めて顔を合わせた。

下宿のおばさんに「私の彼女です。稲葉ふさ枝といいます。市立敦賀病院の看護師です」と紹介した。彼女と下宿のおばさんが挨拶を交わした。

稲子は「病院の先生に風邪薬を処方してもらったの。これを飲んで風邪を治して早く元気になってね、また会おうね」と言って薬を渡してくれた。

「ありがとう、また会って欲しいよ、また連絡するよ」と言って受け取った。

彼女が帰った後、下宿のおばさんが、「あなたには可愛らしい彼女がいていいね。薬を持ってきてくれるなんてとても心の優しい娘さんだね。色白で健康そうないい娘さんだね。こんないい子はめったにいないよ。離したらダメだよ。大切にお付き合いをしなさいよ」と言って褒めてくれた。

私は、おばさんの言葉を聞いて彼女を見初めてよかったと安堵した。

知り合って間もないのに、誰も気遣ってくれないのに、なんと心の優しい子だろう。とてもうれしくなり、そんな優しい心の彼女をますます気に入った。大切にしなければと思った。

デートは、いつも彼女の車。

これからは、約束の場所を敦賀南小学校の校門前にしようと決めた。校門前で待っていると彼女が車で迎えに来てくれた。車に乗ると、「曙町で住んでいる叔父さんの奥さんが病気を患っているの。今から注射をしに行くから一緒に来て」と言って曙町へ向かって車を走らせた。

彼女は看護師なので、毎晩注射を任されていた。曙町の叔父さんの家に着くと、「この家が叔父さんの家なの。叔父さんは平山作次というの。叔母さんに注射をしてくるからしばらく待っていてね」と言って叔父宅へ入って行った。車の中で彼女が戻ってくるのを待った。

勤務時間中でもないのに親類の人の看病をする彼女の姿に感動した。とても心の優しい子に違いない。

彼女が戻ってくるとドライブをし、いろいろな出来事を語り合った。

「冬場になると雪で家から通えないので、角鹿中学一年から運転免許を取るまで、冬の間だけ叔父さんの家で下宿をしていたの」と話してくれた。

彼女に会うたびに好きだという思いが強くなるのを感じた。これが、初恋と言うのだろうか。

生まれて初めての恋人といえる女の子だと思うようになってきた。彼女の優しい心に甘えてしまった。交番勤務でどんなに疲れていても、彼女に会うたびに優しい笑顔に癒された。傍にいると心の安らぎを覚え、話し合っているとなぜか心も和み、楽しい気分になった。

寝ても覚めても思うのは彼女のことばかり。彼女一筋に想い込むようになってしまった。

彼女に会いたくなると、非番、休日の度に職場へ電話を掛けた。「会いたい、会おうよ」と言って彼女を誘った。彼女は、私の誘いを一度も断ったことはなかった。

彼女の男は私一人だと信じた。

彼女も私と会う間隔があくと私の勤務時間中に、「会いたい。どうしているの」と電話をかけてきた。私のことを一途に想ってくれているような雰囲気を感じた。

彼女と会うたびに、このまま帰りたくない、彼女を帰したくない、ずっと一緒にいたいという気持ちが強くなった。

彼女の誕生日の十二月二十八日が近づいてきた。

彼女にプレゼントをしたくなったが、何にしようか迷った。

勤務時間中に巡回連絡で立ち寄った雑貨店で大きな犬のぬいぐるみを見つけた。彼女に受け取ってもらえるだろうか、喜んでもらえるだろうかと心配したが、これをプレゼントしようと決めた。

非番の日に自転車でこのぬいぐるみを買いに行き、五千円支払って、大きな箱を自転車に積んで帰った。

デートの約束の日に彼女に渡すと、彼女は、大きな箱を見てびっくりした様子だった。すぐに、「ありがとう、うれしい」とお礼を言って喜んでくれた。また、「ぬいぐるみを抱いて寝たら眠れなかった。今日はとても眠い」というお礼の手紙ももらった。

「母に神宮前派出所の山村達夫という巡査と交際をしている、このぬいぐるみをプレゼントに貰ったと話した」と教えてくれた。

非番の日、夜勤明けの彼女をドライブに誘い、夕食を持って彼女の車で赤崎海岸へ行った。

手をつないで冬の浜辺を散策した。散策しながら将来の夢を語り合った。

「稲子、私は五人兄弟だから子供は多い方がいいと思うよ」

「最初の子供は女の子が欲しいね」

話が途切れることはなかった。冬の浜辺は寒く、あまりの寒さに彼女と抱き合った。

彼女を抱きしめて、

「稲子が大好きだよ。稲子に夢中だよ」

と告白した。

「私もあなたに夢中よ。あなたが大好きよ」

と言ってくれた。

「大好きよ」と言ってもらいうれしくなった。

あまりの寒さに車に戻った。夕食のあともいろいろなことを語り合った。

お互いに時間の経つのも忘れていた。

このまま帰りたくない、彼女と一緒にいたいという気持ちが強くなってしまった。

「今日は帰りたくないよ。稲子と明日の出勤時間になるまで一緒にいたいよ。車の中で泊まろうか」

　と持ち掛けると、

「泊まってもいいよ。私も帰りたくないの、あなたと一緒にいたいの」

　と言って応じてくれた。

　車の中で泊まることに決めた。車の中で抱き合い口づけを交わした。

　彼女を抱きしめていると愛し合いたい気分になり、

「愛し合いたい、愛し合おう、責任を取るから」

　と言って迫った。彼女は頑なに拒み応じてくれなかった。

　車の中で眠った。夜中に目が覚め、初めて彼女の寝顔を見た。

　とても可愛い寝顔だ。この可愛い寝顔を見ながら一生暮らすのはとても楽しいだろうなと思うとたまらなくなり、思わず抱きしめた。夜が明けて出勤時間になるまで車の中で過ごした。

　お互いに心の糸がつながっていると思った。

　彼女に会っているときに限って非常召集がかかることが多かった。

　当番勤務の日、出勤すると朝の点呼が始まる直前に上司に呼ばれた。

「昨日、ひき逃げ事件があって非常召集をかけたのにどこへ行っていた。何をしていた。呼び出しの連絡を何回もしたのに非常召集に応じられなかったな。非常召集に応じられなかったのは君だけだぞ。いつでも所在を明らかにしておくべきや。言い訳をするな。今日の勤務時間中に始末書を書いて持ってこい。度重なると懲戒処分になるぞ。わかったか」とこっ酷く注意を受けた。

デートの時、彼女が見合いの話がきていると話してくれた。

「銀行の人と見合いをしないかという話がきたの。断ろうと思うの」と。

「銀行員ならいい話じゃないの。断るなんてもったいないよ。断らなくてもいいよ。見合いをすればいいよ。気に入ったら嫁に行けばいいよ。好きにすれば」

と言うと、

「なんて無責任なことを言うの。あなたと付き合っているのに見合いはできないでしょ。見合いはしたくないから、断るからね」

と怒り、

「あなたが好きよ。絶対にあなたから離れないから。私はあなた一筋よ。見合いはしないから」

と言って泣き出した。

彼女の泣いている姿を見ていると愛しくなってしまった。

彼女の男は、私一人なのだ、私から離れられないのだと思うと堪らなく愛しくなってしまった。

「余計なことを言ってごめん。見合いの話は断って。稲子が大好きだから、稲子をだれにも取られたくないから、断ってくれ」

と言って強く抱きしめて慰めた。

「私は、あなた一筋だから、あなたと離れたくないから。あなた以外の男は考えられないから、見合いの話は断るからね」


十二月二十八日、彼女の二十歳の誕生日なのでお祝いと、今日こそは思いの丈を告白しようと思い食事に誘った。食事のあと、彼女の車で金ヶ崎宮へ行った。

金ヶ崎宮へ参拝した後、彼女を抱きしめて、

「稲子に惚れている。大好きだ。稲子が欲しい」

と告白した。

「私も大好きよ」

と言って離れなかった。

車に戻り彼女の目を見つめて話し合っているとその優しい眼差しに欲情してしまい、「稲子が欲しいよ。愛し合おう。責任を取るから」と言って迫った。彼女は頑なに拒み、「これから先はダメよ、結婚するまで我慢してね、ふしだらな交際は嫌よ」と言って受け入れてくれなかった。

私は、彼女の強い信念に感服した。ますます夢中になり、のめり込んでしまった。


翌年の一月、二か月間の現任補修のため警察学校へ入校を命じられた。入校中は、入校生全員寮生活で二か月間は外出禁止だった。

授業中も彼女のことが気になった。

ノートの末尾一面に「稲葉ふさ枝」と書いた。それを見ながら、彼女は元気だろうか、今頃何をしているのだろうかと思い浮かべて授業を受けた。


二月の中頃、警察学校入校中の私宛に匿名の手紙が届いた。

彼女と同じ職場の友人だという女性からで、

「稲子が職場であなたとの交際のことでいろいろ噂になっている。女の職場なので妬まれていじめに遭っている。明るい性格で活発だった稲子が随分思い悩んでいる。元気がない。かわいそう。大変だ」という文面だった。

彼女のことがとても心配になり、彼女の様子を知りたくなった。早く会いたいという思いがつのった。


三月になり私は、警察学校を卒業し交番勤務に戻った。

勤務時間中、彼女の職場へ公衆電話から電話を掛け、会う約束をした。

非番の日、彼女に会って匿名の手紙のことなど話した。

しばらくして、彼女から下宿へ手紙が届いた。

私との交際が原因で苦境に立たされ、苦悩している様子だった。

「あなたは、私にとってとてもいい人です。あなたとは生きる世界が違った。遠い存在の人だった。いい人を見つけて幸せになってください。もう二度と会うことはない。さようなら」

彼女からの手紙を何回も読み返すうち、彼女の立場が理解できた。

私との交際のことで彼女に迷惑がかかっていると思い、彼女のことがとても心配になった。

彼女と交際を続けるべきか否か随分迷った。

勤務時間中も随分悩み、職務に集中できなかった。

彼女のことを考えていると先輩から「勤務時間中に何を考えている。ぼんやりするな。やる気を出せ。職務に集中しろ」と注意をされた。

私は、随分思い悩んだ。彼女と別れるのはとてもつらい、でも彼女が以前のように明るく、元気を取り戻すなら交際をやめようと決心した。


お別れの手紙を書くことにした。

非番の日に便箋五枚に自分の偽りのない気持ちを正直に書いた。

「生まれて初めて稲子に恋をした。稲子を愛してしまった。今でも稲子が大好きだ。死ぬほど大好きだ。稲子と別れるのはとてもつらい。こんなに別れのつらい恋はもう二度としたくない。稲子と過ごした日々が忘れられない。稲子への愛は永遠に変わらないと思う。

早くいい人を見つけて幸せになってほしい。陰ながらいつまでも見守っていたい。再会したときは笑顔で話し合おう。長い間付き合ってくれてありがとう。さようなら」

休みの日、直接手紙を渡そうと思い彼女を誘った。彼女の車で初めて口づけを交わした思い出の松原海岸へ行った。

「自分の正直な気持ちを手紙に書いた。読んでみて」と言って手紙を手渡した。

彼女は、手紙を読んでいるうちに泣き出した。

手紙を読み終えると泣きながら私の胸に縋りついてきた。彼女を強く抱きしめた。

「手紙を読んで別れられなくなってしまった。未練が残る。どうしよう。また会える日がくるかしら」

私も泣いている彼女を抱きしめていると別れづらくなってしまった。堪え切れずに泣いてしまった。泣いている彼女を強く抱きしめたまま、

「稲子と別れるのはとてもつらい。長い間、迷惑をかけてばかりでごめんな、許して。長い間付き合ってくれてありがとう」と言ってこれまでのことを詫びた。

彼女は、私の胸に縋りついたまま泣いて離れない。なかなか帰ろうとしなかった。

ようやく彼女が納得してくれたように思ったので、「いつの日か再会したときは、笑顔で話そう。元気でね」と告げて車を降りた。

しばらくすると彼女の車が動き出した。私は、後ろ髪を引かれる思いで見送った。彼女の車の尾灯が見えなくなるまで立ち尽くして見送った。車の影が見えなくなった途端に寂しさが込み上げてきた。

これで私の初恋も終わってしまったと思うと、涙が溢れ出てきた。

涙を浮かべながら歩いて帰った。彼女と心の糸が切れないまま別れてしまった。

交番勤務も二年目。

彼女に涙で詫びて別れを告げたものの、未練心を断ち切ることはできない。

毎日毎日想うのは彼女のことばかり。

彼女の優しい笑顔が瞼に浮かび離れない。あの優しい心が忘れられない。彼女が恋しい、会いたい、話をしたい。日増しに未練はつのるばかりでつらい。

あの時、彼女に手紙を書いて別れを告げたことを後悔した。

彼女の立場を思うと職場へ電話も掛けられない。何度も会いに行こうと思い彼女の家の近くまで行ったが、彼女に会わないまま引き返した。

何日経っても未練を断ち切れない。心の糸が切れない。

彼女への未練は日増しにつのるばかりでつらい。

彼女の元気に通勤する姿を一目でいいから見たくなった。

彼女の通勤路の敦賀税務署前の交差点に立っていれば会えると思い、勤務時間中、朝、夕の通勤時間帯にその交差点に立ち彼女の車が通るのを待ち続けた。

彼女の車を見かけたら手をあげて挨拶をしようと思い、雨の日も風の日も待ち続けた。

今日こそは彼女に会えるだろうかと思いながら待ち続けたが一度も会えなかった。

病気でもしているのだろうか、職場を変えたのだろうかととても心配になった。彼女の様子が気になり、会いに行くべきか否かためらった。彼女に会いたくて何回も家の近くまで行ったが、やっぱり会わない方がいいだろうと思い引き返した。


その後、音沙汰がないまま迎えた八月のお盆の頃、当番勤務交代前の朝早く、勤務日誌を書いていたとき電話がかかってきた。

電話に出ると稲子からだった。彼女からの突然の電話に驚いた。

「久しぶり、元気だった？　今日は非番でしょう。今日の病院勤務が終わったら是非会って欲しいの、話したいことがあるの」

久しぶりに彼女の声を聞いた。彼女の元気そうな弾んだ声を聞いてうれしくなった。

電話で話し合っていると急に会いたくなり、

「稲子に会いたいよ。今日は非番なので会ってもいいよ。会おうか」

と言って会う約束をした。

初めて彼女とデートの約束をした場所の敦賀駅が思い浮かんだ。

「夕方六時に敦賀駅で待っていて。車で迎えに行くから」

「わかったよ、待っているからね」

再び彼女に会えると思うととてもうれしくなった。


非番で久しぶりに会う彼女のことを思い浮かべながら休んでいた。

彼女に何があったのだろうか、どうして突然に電話をかけてきたのだろうかなどと思いながら彼女の勤務が終わるのを待った。

彼女との約束を守るべきか否か随分迷ったが、会わないと悔いが残ると思い会いに行くことにした。


いつものとおり同期生に車を借りて彼女の勤務が終わった夕方六時に待ち合わせ場所

の敦賀駅へ行った。

彼女が敦賀駅の入口で私を待っていた。以前と同じ元気そうな姿を見て安心し、彼女に向かって手招きをした。

私に気づくとにっこり笑い車に乗り込んできた。以前と同じ元気な姿でとてもうれしかった。

「久しぶり、元気だった」とお互いに笑顔で言葉を交わした。

車に乗るとすぐに彼女が手をつなぎにきた。以前と同じような手の温もりといい手触りを感じた。

敦賀半島にある常宮神社へ行こうと決めて急いだ。

行く道中は、久しぶりに会ったせいか随分話も弾み、手をつないだまま別れた後のことや近況、二人の将来のことなどもいろいろと話し合った。

「稲子、私と別れた後、彼氏はできなかったの。今も彼氏はいないの。私は誰とも付き合っていないよ。二度と恋はしたくないと手紙に書いたからね」

「私も誰とも付き合っていないよ。あなた以外に考えたことはないよ。毎日あなたのことばかり思っていたから。今日は会えてよかったよ」

などと話し合いながら常宮神社へ向かった。

彼女の表情は、今日の日を待っていたかのようだった。以前にも増して明るく輝いて見えた。そんな彼女を見ていると優しい笑顔に癒され、心の安らぎを感じた。

久しぶりに彼女の優しい笑顔を見ていると改めて愛しい、可愛い女の子、私にとってかけがえのない女の子だと思った。大切にしたい、もう離したくない、今日こそは彼女のすべてが欲しいと欲情してしまった。


常宮神社へ着いてお参りを済ませた。夕暮れの常宮神社の境内でじっと見つめ合うと、お互いにためらうことなく抱き合った。

「大好きだ。会いたかった。もう離さないよ。ずっと傍にいてくれ」

と言って強く抱きしめると、

「私も大好きよ。忘れられなかったよ。会いたかったよ。もう離れないからね。ずっと私の傍にいてね」

と言ってくれた。久しぶりに彼女の体の温もりと長い黒髪のいい匂いを感じた。

車に戻ると彼女に聞いた。

「なぜ突然に電話をかけてきたの。何かあったの」

「未練を断ち切れなかった。毎日毎日、未練がつのるばかりでつらかった。私にはあなたしかいないと思った。今朝、起きるとあなたに堪らなく会いたくなった。今日、あなたに会ってつなぎとめたいと思った。今日は、非番に違いないと思いながら電話を掛けた。非番で会ってくれると聞いてうれしくなった。今日こそあなたと結ばれたいと心に決めた」

彼女の目を見ながら私も思いの丈を告白した。

「稲子を諦めきれなかった。稲子はどうしているだろうかとずっと気になっていた。いつの日か再会できると信じて待っていた。稲子から電話がかかってきてとてもうれしかった。稲子が大好きだ。離れたくないよ」

彼女は、熱い眼差しで私を見つめながら聞いてくれた。私は、彼女の熱い眼差しに欲情し、彼女の私を見つめる熱い眼差しから男女の深い関係を覚悟しているように感じた。

「稲子と結ばれたいよ、稲子が初めての女の子だよ。責任を取るよ」

と言って彼女を強く抱きしめると、

「いいよ、あなたが初めての男よ。あなたが大好きよ。私を離さないでね。死ぬまで愛してね。約束よ」

と言って受け入れてくれた。

震えている彼女を優しく抱き寄せた。初めて彼女と結ばれ、念願が叶い感動した。

これが真に愛し合う男女の情愛に違いないと思った。

上司から異性交遊について厳しく指導を受けていたが、彼女と一線を越えてしまった。彼女の全てを知ってしまった。彼女の柔肌の温もりも柔肌のいい匂いも柔肌のいい感触も覚えてしまった。彼女は涙を浮かべているように見えた。

愛する彼女と結ばれ強く責任を感じた。お互いに抱き合ったまま離れられなかった。

「もう稲子と離れられなくなってしまった。稲子を大切にするよ。これからは二人だよ。どこまでも一緒だよ。離れずについてきて」

と言って彼女を力いっぱい抱きしめた。

「私もあなたと離れられなくなってしまった。あなたが大好きよ。どこまでもついて行くから、あなたの傍においてね」

と言って離れなかった。

男女の深い関係を続けているうちに情が移り、離れられなくなってしまった。

彼女の柔肌の温もりと柔肌のいい匂いと柔肌のいい感触に溺れ、虜になってしまった。

彼女の優しい心と柔肌のいい匂いが染み付いてしまった。

お互いに会わずにいられない。愛し合わずにはいられない。

毎月の勤務計画表を見せ合い、非番、休日は必ず会おうと決めて待ち合わせた。

私の勤務計画をメモし彼女に渡した。


当番勤務の日、交番へ行くと前日当番の先輩からいきなり「お前の彼女は稲葉ふさ枝というのか」と問われ、非常に驚いた。彼女が財布を落としたのだった。

松島駐在所に届けがあり、駐在さんから『財布に山村巡査と同じ勤務計画のメモが入っている。稲葉ふさ枝という名前が書いてある。山村巡査の彼女に違いない』と連絡が入ったそうだ。

先輩から「勤務計画は秘密だ。他人に見せたりするな。メモを渡すとは軽率だ。上司に知れたら懲戒処分を受けるぞ。本署へ届く前に受け取りに行け。早く彼女に返してやれ」と怒鳴られた。すぐに松島駐在所へ行き、駐在さんから財布を受け取り彼女に返した。

私の彼女は稲葉ふさ枝だと先輩たちに知られてしまった。

ある日、彼女が、

「あなたの生まれたところを見たいの、あなたのご両親に挨拶をしたいの、連れて行って」と言うので、

「私の生まれたところは、山奥の辺鄙なところだよ、それでも見たいの、行きたいの」

と聞いた。

「どうしても見たいの、ご両親に挨拶をしたいの、連れて行って、約束をして」

「今度の休みの日に連れて行くから、両親に紹介するよ、一緒に行こう」

と言って約束をした。

彼女と連絡を取り、最初に美山町西中にある私の生まれた家へ連れて行った。

私が生まれたところは、道路は狭くて舗装もされていない山奥の辺鄙なところだ。

家は茅葺のままで、彼女の家に比べるととてもみすぼらしい家だった。

彼女に家の中を見せると、何も言わずに整頓されていない板の間の雑巾がけをはじめた。

彼女の黙々と雑巾がけをしている姿を見てこんなことまでしてくれるのかと感心した。

続いて、両親が仕事をしている薬師の製材所へ連絡なしに連れて行った。

私は、両親に彼女と交際していることを告げていなかった。

両親が彼女を見て慌てた様子で手を止めたので「付き合っている彼女の稲葉ふさ枝だ」と言って紹介した。

両親は、彼女と挨拶を交わし、しばらくの間話をしていた。

両親は、とても気に入った様子だった。

「いい娘さんや、申し分ない。早く嫁に貰おう。彼女を離すなよ、彼女を大切にしろよ、大事に付き合えよ」と父が言ってくれた。

父の言葉を聞いて彼女を見初めてよかったと安堵した。

両親に彼女を気に入ってもらいとてもうれしくなった。

彼女に私の両親や私の生まれたところの感想を聞いた。

「優しいご両親でよかった。辺鄙な山奥でもいいの。お嫁に行きたいの。あなたと早く一緒に暮らしたいの。早く貰って」と言ってくれた。

「こんな山奥の辺鄙なところは嫌だ」と言うと思っていたが、嫁に行きたいと言うので驚いた。とてもうれしくなった。山村家にふさわしい嫁になると思った。

十一月のはじめに中古の乗用車を買った。非番の日に夜勤明けの彼女をドライブに誘った。彼女が毛糸でハンドルカバーを編んでくれたので、それを付けてカメラを持って岐阜県の伊吹山へドライブに行った。往復の道中は、道のりも長く会話も弾み楽しい気分になった。伊吹山に着くと交代でカメラのシャッターを押し写真を撮り合った。これが二人の初めての記念写真となった。

彼女の楽しそうな振る舞いを見ているととても愛しい、可愛い、大切にしなければと思った。久しぶりに遠出をし、思い出に残る楽しい一日となった。

十二月一日から福井警察署管内で発生している連続放火事件捜査の応援派遣を命じられた。勤務時間は、毎日午後四時から翌日の午前六時まで。

主に要点箇所での張り込み捜査が任務だった。あまりの寒さにカイロを六個身に着けて任務に臨んだ。

捜査が進むと午後四時から午前二時までの勤務時間となった。不意に幹部の巡視があるので油断はできなかった。

極寒のなかでのつらい、厳しい任務だった。犯人逮捕の三月半ばまで続いた。

彼女と頻繁に会えなくなってしまった。彼女のことを思い浮かべて任務についた。

真冬の極寒の雪の降りしきるなか、福井警察署への応援派遣の任務を終えて下宿へ歩いて帰る途中、国道二十七号線の津内交差点に彼女の車が止まっていた。

すかさず「どうしたの」と声をかけた。

「あなたの帰りを待っていたの。早く車に乗って」と言って助手席のドアを開けてくれた。

夜勤帰りの彼女が私に会いに来てくれたのだ。とてもうれしかった。

車の中は暖房が利いて暖かく、いい匂いが漂っていた。彼女の運転で下宿近くの人気のない空き地に車を止めた。

「真夜中に若い娘が一人で危ないよ。怖くないの」

「あなたにたまらなく会いたくなったの。あなたに会えると思うと何も怖くはないの。明日も会いにくるからね」

彼女は温かい飲みものや食べ物を用意して待っていてくれた。

「寒かったでしょう。私が温めてあげるから」

と言って冷え切った私の体をやさしく抱きしめて温めてくれた。

彼女に抱きしめてもらい身も心も温まった。

彼女の優しい心にとても感動した。まさに、彼女は天使だと思った。彼女の優しい笑顔に癒された。傍にいると疲れも取れて心も安らぎ、そのまま次の出勤時間まで一緒に過ごした。

彼女に会いたい、彼女の傍にいたい、愛し合わずにいられないと思う気持ちが一層強くなるばかり。

非番、休日の晩は、無性に彼女に会いたくなり、すぐさま彼女の家へ向かった。彼女の軽自動車があるとしばらく家の角で待った。

車のエンジン音に気付くと彼女が出て来た。彼女を乗せて近くの空き地に車を止めて寸暇を惜しんで語り合い、愛し合った。

勤務が終わると毎日のように高野集落の入口のお地蔵さんのところで彼女の帰りを待った。彼女の車に乗り替えて新善光寺前の井川集落の農道へ行き夜遅くまで寸暇を惜しんで語り合い、睦み合った。

彼女を離したくない、誰にも取られたくないと夢中だった。

私は、彼女と一緒に人生を歩みたい、私の人生の伴侶にしようと心に決めた。

「結婚しよう、幸せになろう、いつまでも傍にいて欲しい」

と言って結婚を申し込むと、
「あなたと結婚したい。離れたくない、どこまでもついていくからね。私の傍にいてね」
と言ってくれた。私と彼女は、結婚しよう、幸せになろうと誓い合った。

昭和四十六年四月から粟野派出所へ配置換えになった。所長の吉川洋平巡査部長と二人だけの勤務になった。私の勤務時間は、午前八時三十分から午後五時十五分まで。土曜日、日曜日も勤務で平日休みとなった。所長は、土曜日半止、日曜日休みという勤務体制だった。彼女と会う機会も少なくなった。

粟野派出所には、警察電話のほかに農家専用の五桁番号の有線放送電話があった。検問所勤務の同期生に彼女の家の有線放送の電話番号を教えてもらった。この電話で彼女と連絡をとれるようになった。

所長が休みの土曜日の午後、一人で勤務中、急に夜勤明けで家にいる彼女に会いたくなった。備え付けの有線放送電話を使って彼女の家へ電話を掛けると、夜勤明けで休んでいた。彼女が電話に出てくれた。

「稲子に堪らなく会いたくなったよ。今から行ってもいい？　大丈夫？」

「今、私一人だからすぐおいで。待っているからね」

うれしくなり、急いで制服姿のまま備え付けのバイクに乗って、敦賀工業高校の前を通り会いに行った。


彼女の家は受け持ち管轄外なので、上司に知れたら処分を受けるが、堪らなく会いたくなり処分覚悟で会いに行った。

夜勤明けの彼女が一人で休んでいて、優しい笑顔で迎えてくれた。優しい笑顔に癒された。

「家の中へ入って、話をしようよ」と言って初めて家の中へ入れてくれた。

家の中は、昔の風情が漂っていて、彼女の家は旧家ですごい家柄だと思った。

私の生まれて育ったみすぼらしい茅葺の家と比べてしまった。

座敷には近衛兵だった亡き父が天皇陛下から贈られた額が飾ってあり、その額には天皇陛下の労いの言葉が書かれている。

座敷の鴨居に祖父、祖母、亡き父の遺影が飾られている。

父の遺影をじっと見つめた。彼女の父は、穏やかな人柄のように感じた。彼女の風貌は、父に似ていると思った。

彼女の亡き父の遺影を見つめていると彼女のおおらかな性格に納得した。

「ここが私の部屋よ。入って」と言って自分の部屋へ案内してくれた。女の子の部屋へ入れてもらうのは生まれて初めて。彼女の部屋は、整頓された綺麗な部屋で、とてもいい匂いが漂っている。これが若い女の子の部屋かと感動した。

彼女の部屋で話し合っていると心も安らいできた。

話が途切れて見つめ合っていると、お互いに愛し合いたいという雰囲気になり、彼女を抱きしめて愛し合った。

彼女の部屋で一時を過ごし、彼女の優しい心に癒され、心の安らぎを感じた。

私が勤務時間中、制服のままバイクに乗って彼女に会いに行くところを集落の人に見られたらしい。

制服の巡査が彼女の家から出てくるのを見た集落の人が、彼女の兄に「巡査がお前の家へ来たが、何かあったのか」と聞いたという。

彼女の兄が母に問うと、彼女の母は「ふさ枝の彼氏で山村達夫という巡査や。ふさ枝と付き合っている」と教えたようだ。彼女の母は、兄や集落の人に私と彼女の交際を伏せていたのだった。彼女の兄は「母から聞いてふさ枝が巡査と付き合っていることを初めて知った」と教えてくれた。

六月の中頃、所長から「警察の服務規定に受け持ち管内居住の決まりがある、今住んでいる下宿は遠くて電話もないから連絡に都合が悪い、粟野派出所の近くに引っ越すように」と言われた。

所長が下宿先を探してくれた。粟野派出所から約百メートルの距離で、本田千代さんという方のお宅だった。

所長に連れられ本田千代さん宅へ挨拶に行った。本田家では大阪へ嫁いだ姉娘の子で生後三か月の男の子を預かっていた。

引っ越しをすると同時に大阪で働いていた二十歳の妹娘の康子が帰ってきた。同じ屋根の下で四人が暮らすことになった。康子と同じ屋根の下でまるで新婚夫婦同然の生活が始まった。

康子ら三人が大阪の姉娘宅へ行き私一人になると、夕食は、近くの仕出し屋「ふる川」のお世話になった。夕食を済ませて店を出ると駐車場で稲子が待っていた。

彼女は、勤務の帰りに私の様子を窺いに来たのだ。彼女の車に乗って近くの空き地へ行き話し合った。

「あなたのことがとても心配だから、会いたいから毎日見に来るからね」と言う。私はうれしくなり、彼女を抱きしめて愛し合った。


八月の中頃、所長の娘の雅代が私の彼女は稲葉ふさ枝だということを聞いてきた。雅代の勤め先に稲葉家の親類の人が勤めていて雅代に教えたのだ。私は、雅代の勤め先に親類の人が勤めていたとは。世間は、広いようで狭いものだと思った。

雅代から聞いて所長も私の彼女は稲葉ふさ枝だということを知った。

所長から異性交遊について「君には、稲葉ふさ枝という彼女がいる。君の周りには年頃の私の娘がいる。下宿にも年頃の娘がいる。一線を越えるなよ。君は巡査だから周りの人が注視しているよ。節度のある行動をしろよ。女性問題でつまずくなよ。問題を起こすなよ」と忠告、指導を受けた。


昭和四十七年の元日、稲子の家に招かれた。昼少し前に彼女の家に着くと彼女と母が出迎えてくれた。彼女の母とは初対面なので緊張した。

彼女の母に「山村達夫と言います。ふさ枝さんと付き合っています。粟野派出所で勤務しています」と自己紹介をした。

彼女の親類のひとみという小学六年生の女の子も来ていた。

彼女の母は、ニコニコととても優しそうな感じがし、その姿を見ていると私の母を思い出してしまった。

彼女の母の顔を見つめながら、私の気持ちを正直に打ち明けた。

「ふさ枝さんのことが大好きです。惚れています。愛しています。大切にしたいです。ふさ枝さんと結婚の約束をしています。ふさ枝さんと結婚させてください。必ず幸せにします」

彼女の母は、じっと聞いてくれた。彼女の母の手を見ると、私の母の手と同じ手だった。

随分苦労をした手だ。

女手一つで一生懸命働き、彼女を大切に育てたのだと思うととても感動し、頭の下がる思いがした。

私は、大切に育てた娘と交際し、惚れてしまったことを心で詫びた。

「ふさ枝をよろしく頼みますよ。仲よくしてやってね」と言われた。彼女の母が二人の仲を認め、結婚を許してくれた。

私の気持ちを理解してもらいとてもうれしくなった。

肩の荷が下りた気分になり、彼女を愛する気持ちが一層強くなった。強く責任も感じた。


彼女の母と私の両親のことや仕事のことなどいろいろな話をした。彼女のことも、いろいろな世間話も聞かせてもらった。

話していると次第に親しみを感じ、私の母が傍にいるような気分になった。

彼女と母が手料理を振る舞ってくれた。

どの料理もとてもおいしく、特に、棒鱈の味は、私の母がつくる味と同じだった。久しぶりに手作りの家庭料理の味を堪能した。

ひとみという女の子とトランプなどをして遊んだ。気持ちも随分和らぎ、とても楽しい元日となった。

私は、彼女の母に気に入られたか心配になり、彼女に聞くと、彼女の母は「さすがは巡査やね。落ち着ているね。しっかりしているね、あの巡査ならいいと思うよと言っていた」と教えてくれた。彼女からそう聞いてとてもうれしくなった。

彼女は会うたびに手作りの食事を持ってきてくれた。

彼女の作ってくれる食事は大変おいしく、彼女に家庭的な雰囲気を感じた。早く一緒になりたい、一緒に暮らしたいと思った。

食事をした後は、いつものように語り合い、愛を確かめ合った。帰り際になると、

「高野まで送って、後ろからついてきて」

と言う。

「巡査の護衛付きだよ、あとに付いていくから」

と言って彼女の車のあとに続き送って行った。家の中に入るのを見届けてから帰った。

昭和四十七年春の日曜日、一人勤務の昼頃、交通取り締まりを終えてバイクで戻ると、見慣れない人が自転車で来ていた。

私が戻るのを待っていたようだった。私が事務室に入るとその人も入ってきたので、用件を尋ねた。

その人は「稲葉ふさ枝の叔父の平山作次です」と名乗った。

彼女から叔父さんの名前を聞いていたので非常に驚き、急に緊張してしまった。彼女から叔父さんが訪ねてくると聞いていなかったので戸惑った。

私は、すぐに立ち上がり姿勢を正した。若者らしく巡査らしく「初めまして、福井県巡査、山村達夫と申します」ときびきびと自己紹介をした。

叔父さんから、

「ふさ枝も年頃で、いま、良い縁談話がきている。ふさ枝とのことを聞きたい。ふさ枝のことをどう思っているの」

と問われた。私は、即座に、

「ふさ枝さんが大好きです。別れられません。一緒になりたいです」

と答えた。

叔父さんに彼女との将来についていろいろ問われた。

「ふさ枝さんと結婚の約束をしています。幸せにする自信があります。ご安心ください」

と答えた。

「その言葉を聞いて安心した。ふさ枝のことをよろしく頼むよ」

と言ってくれた。

叔父さんに二人の仲を認めてもらい安心した。彼女を守らなければと強く責任を感じ、幸せにしなければと心に決めた。

彼女に叔父さんが私にどんな印象を持ったのか聞いた。

「いい男や、申し分ない。ふさ枝と一緒になりたいと言っている。あの巡査ならいいだろう」と言っていたと教えてくれた。

何故か、叔父さんに気に入られたようだった。後日、彼から食事に誘われた。断れないので指定された神宮前派出所近くの「小山亭」という料亭へ行った。

すごいごちそうが用意してあった。

叔父さんは、女将さんに「姪っ子の彼氏や、粟野派出所の巡査や」と言って紹介してくれた。

稲子とのこと、私の家族のこと、私の勤務のことなどいろいろ問われた。

叔父さんに随分飲まされた。どのようにして帰ったか記憶がないほどだった。

昭和四十七年十月、本署交通課へ配置換えになった。

交通課勤務員は十八名。勤務時間は、午前八時三十分から午後五時十五分までとなった。

五日ごとに当直勤務を命じられた。毎日、交通取り締まりや交通事故処理の連続で忙しいだけだった。

彼女が病院で夜勤中に入院患者がガス中毒死する事故があり、当直の彼女が事情聴取を受けた。若い女の子の取り調べということで刑事課員が注目していた。

事情聴取の中で、彼女が私の名前を述べたのだろう。

神宮前派出所で一緒に勤務したことのある刑事が呼びに来た。その刑事から「おまえの彼女が来ている。見に来い。お茶を持って行ってくれ」と言われた。

二階の刑事課の取調室のマジックミラーを覗くと彼女がいた。事情聴取の担当の巡査部長と向かい合わせで座っていた。

彼女の処分が心配になり刑事課長に聞いた。

「事情を聞いているがおそらく処分保留になるだろう。心配しなくてもいいぞ」

と教えてくれた。刑事課長の言葉を聞いて安心した。

そうしたことから、私の彼女は、市立敦賀病院の看護師の稲葉ふさ枝だと署内中に知れ渡った。

彼女との交際も随分長くなってきた。彼女も年頃で良い縁談話も数多くあったろうに
「あなたが好き。もう離れられない。毎日会いたい」と言ってついてきた。彼女の一途

な気持ちを思うと彼女を守らなければと焦りを感じた。

「稲葉ふさ枝と結婚したい。一緒に暮らしたい」

と父に連絡した。

「稲葉ふさ枝と一緒になりたいんか。分かった。すぐに結納の日取りを決めるから」

と言って快諾してくれた。

彼女の母と連絡を取っていたようで、父から、

「結納の日取りを一月十四日に決めた。叔父たちも行くからどこか支度をする宿を予約するように」

と連絡が入った。すぐに気比神宮横の「小林別館」という旅館を予約した。

このことを彼女に伝えると、彼女は大変喜んでくれた。


当日、私の父や叔父らと稲葉家へ赴いた。稲葉家に着くと急に緊張してしまった。

稲葉家の親類の方々に挨拶をした。結納の口上は私の叔父が務めてくれた。

結納の儀式が終わり、酒宴が始まると彼女が姿を見せ、初めて彼女の和服姿を見た。

和服の似合う、見映えのするいい女、きれいないい女だと惚れ直した。

帰り際、叔父たちが「いい娘さんや。申し分ない。山村家のいい嫁になるぞ。大切に

しろよ」と褒めてくれた。

父から三月十四日に挙式披露宴をすると連絡がきた。

会場は、父の取引先の木材組合が利用している福井駅前の「魚生」という老舗の仕出し屋。父が実家のある美山は不便なので披露宴会場に仕出し屋を貸し切ってくれた。

司会進行は、私の恩師の松浦先生が務めてくれた。

当日は、とても緊張して疲れた。夫婦の契りの儀式の三々九度の酒に酔ってしまった。私の職場の署長、直属の上司ら三人を招待した。私の親類や彼女の親類、友人に祝福されて感動した。

彼女の花嫁姿は、美しく別人のように感じた。これで夫婦になったのだと実感した。

彼女を大切にしなければと責任を感じた。

親類たちから「あんないい嫁さんをどうして見つけた」と冷やかされた。

新婚旅行は静岡県の伊東温泉へ行った。福井駅のホームで私の親類や稲子の親類、友人たちに見送られた。

彼女の友人たちから「ハネムーンベイビーを期待しているよ、頑張っていってきてね」と言って冷やかされた。

駅のホームで新婚の二人を見送る光景は、何度も目にしたことがあったが、自分自身がその立場になり華やかな気分に浸った。

グリーン車の指定席に手をつないで座った。

「これから二人だけの生活が始まるね。仲良く暮らそう」

「仲よくしようね、あなたについて行くからね」

列車が動き出すとこれから二人三脚の人生が始まると実感した。

一日目は、タクシーで観光地、名所旧跡巡り。二日目はレンタカーを借り、富士山へ行こうと決めて行った。

一合目から雪があってとても寒かった。途中二合目、三合目で妻の写真を撮った。三日目は、富士スピードウェイのレースを見学した。一生の思い出に残る新婚旅行となった。

第二章　二人の人生行路

新居は、妻の母が栄新町で一軒家を借りてくれた。

新婚旅行から帰った翌朝、妻が台所で朝食の準備をしている音で目が覚めた。

妻の甲斐甲斐しく朝食の準備をしてくれる姿に感動した。エプロン姿に初々しさを感じた。

妻との新しい生活が始まるのだと実感した。

出勤の朝、妻が「行ってらっしゃい。気を付けてね」と言って送り出してくれる。勤務を終えて家に帰ると「お帰りなさい、お仕事ご苦労さま、疲れたでしょう」と言って笑顔で迎えてくれる。

温かい夕食も準備されている。温かい家と妻の優しい笑顔に心の安らぎを覚えた。

休みの日になるとアユ釣りや食事に出かけたりして二人の時間を持つようにもなった。

今までの下宿生活や独身寮の生活とは環境が一変した。これが新婚家庭というのだろうと思った。

妻の作ってくれた弁当を持って出勤するようになった。

昼食時に妻の手作り弁当を食べていると、上司や先輩から「おー、愛妻弁当か、愛情のこもった弁当やな、羨ましいな、新婚生活は楽しいか」などと言って冷やかされた。

恋女房との生活はとても楽しく、新婚の幸せを感じた。夫婦の絆を感じた。心優しい妻がそばについていてくれて勇気とやる気も生まれて仕事も頑張れる。私はいい嫁に恵まれたと思った。

結婚後、法事で妻の実家の稲葉家へ行った。初めて会う親類の人も多くいて緊張した。叔父の平山作次さんが「ふさ枝の婿や、本署の交通課で勤務している」と言って紹介してくれた。大勢の親類の人たちに挨拶をした。

周りの人から「ふさ枝ちゃんの旦那さん、気楽にすればいいよ。緊張しないで」と声を掛けられ、気持ちも和らぎ、緊張感から解放された。

法要が終わって食事だと言うので一番後の席に座った。

すると長老らしき人が「姉婿はこっちの席だ。頭《かしら》の席に座ってもらわないと」と言って住職のとなりを指さした。

「ここでいいです」と言うと長老たちは「この村のしきたりや。早く座って。姉婿が座らないと始められないから」と言って無理やり座らされた。

古臭いしきたりだと思った。姉婿は重要視されていると感じた。

長老たちから「ふさ枝の婿に」と言ってつぎつぎに盃が回ってきた。人が口を付けた盃なので躊躇《ちゅうちょ》していると「早く飲んで返杯して」と催促された。酔ってしまって何が何だか分からなくなり、妻が連れて帰ってくれた。

昇任試験の日が近づいてきた。予想問題を暗記して試験に備えていると、「試験がんばってね。私も手伝ってあげる。覚えたところを繰り返してみて」と言って毎晩のように手伝ってくれた。

巡査部長昇任の一次試験に合格すると、「早くから巡査部長になるの。職場のみんなに話そう」と言って喜んでくれた。

上司からも「いい成績だ。巡査部長合格間違いない。がんばれ」と励まされた。

二次試験会場に行くと県下各所属から八十人ほどが来ていた。

しかし、面接の時、面接官の各部長から実務経験が浅いこと、警察本部長あてに実名で投書されたことを指摘された。

各面接官から「君、試験の成績がいいだけではだめだよ。人には親切にするものだよ。まだ、若いんだからもう一度頑張って挑戦してみなさい」と言われた。

これは不合格だと思った。合格発表の模写電送を見たが、私の名前はなかった。

「合格者の中に私の名前がなかったよ。不合格だったよ。期待を裏切ってごめん」と言って詫びると、妻はがっかりした様子だったが、

「残念だったね。あんなに勉強したのにね。次、頑張ってね。あなたならきっと合格するわよ」

と優しい笑顔で励ましてくれた。妻の励ましの言葉にさらに勇気とやる気が生まれた。当直の日、勤務時間中なのに合格者を囲んで祝杯をあげていた。私は、その輪に加わる気分になれず、別室で捜査報告書を作成しているふりをした。生まれて初めて何とも言えない惨めな思いをした。昇任試験の度にこんな惨めな思いをするのは嫌だと思った。


結婚して二年経ったが妻に妊娠の気配がない。

「職場の人が出産をしたの。私も早くあなたの子を産みたいの。医者へ行って診てもらって」と言う。

「敦賀病院は恥ずかしいからいやや。子供は一生できなくてもいいよ」

「敦賀病院でなくてもいいから。私が付き添ってあげるから大丈夫よ。医者へ行こう」

妻に付き添ってもらい武生市の藤井病院へ行った。

検査の結果、主治医から、

「これでは妊娠しない。妊娠しなかった原因は旦那さんにある。食事に問題がある。食生活を改善しなさい。そうすれば自然に子供ができるから安心しなさい」

と言われた。

看護師から食事指導を受け、妻が指導を受けたとおりの食事を作ってくれた。

しばらくすると妻が「妊娠したみたいなの、明日敦賀病院で診てもらうから」と言う。

その晩「妊娠していると言われたの。うれしい」と言って喜んでいた。

「私も父親になるんだね。稲子、体に気を付けて。無理をしないで」

と言って妻の手を取り喜び合った。

妻の喜ぶ顔を見ていると、父親になるんだという自覚が芽生えた。


五十年十月に福井県警察本部自動車警察隊に異動になった。妻は妊娠中なので実家に預け、私は、美山の両親のもとからの通勤を許可された。

翌年一月の巡査部長昇任試験に合格。妻は、大変喜んでくれた。

三月八日に長男が生まれ、知らせを聞いてすぐに妻の入院している敦賀病院へ行った。

ナースセンターで病室を尋ねると看護師が「元気な男の子ですよ」と教えてくれた。

病室に入ると妻が赤ん坊に寄り添い休んでいた。

赤ん坊の寝顔を見て、私の息子だと思うととても感動した。

「無事生まれてよかった。大変だったね」

「二人の赤ちゃんだよ。大切に育てようね」

元気そうな赤ん坊の寝顔と妻の笑顔を見ていると幸せにしなければと強く責任を感じた。

長男が生まれると「お父さん、母さん」と呼び合うようになった。

父が福井市内で一軒家を借りてくれた。妻が退院し、親子三人で暮らし始めた。父が易者に相談し法正と名付けてくれた。


四月一日付けで福井警察署へ異動。外勤課に配置された。

外勤第三主任という任務を命じられた。

二十四時間勤務の当番、非番の繰り返しで、駐在所、派出所の監督巡視が任務だった。駐在所、派出所の勤務員は総勢百名。

私の相勤は、定年前の上から目線の札付きの巡査部長。話が合うはずがない。日中は、外勤第三主任とはいうものの署長、副署長の公務のための運転要員だった。

相勤の巡査部長とは毎日のように対立ばかりで嫌になった。駐在所、派出所の勤務員は私より年配者が多く、反発されてばかり。

せっかく昇任したのに配置先に恵まれなかったと思い、勤務に意欲も湧かない。失望した。親類の叔父たちも「早く辞めて家業を継げ。親父も年を取ったぞ」とうるさく言うようになり、妻に相談した。

「お父さん、どこまでもついていくから。私も一緒に頑張るからね」と言って背中を押してくれた。私は退職を決意した。

すると私の退職を知った警察学校の教官で学校長だった山岸俊男氏が「平田渉衆議院議員選挙の応援を頼む」と言ってきた。父と妻に相談すると、「何事も経験だ、行ってこい」と言ってくれた。

私は平田候補の選挙の応援に行った。

平田候補が当選すると、山岸俊男氏が「秘書として東京事務所で働いて欲しい。どうだろうか、考えてみてくれないか」と言ってきた。

関係の秘書たちが何回も打診に来た。ずいぶん迷い、妻と相談した。

「判断はお父さんに任せるよ。お父さんについて行くからね」と言ってくれた。

ずいぶん迷ったが、妻子を残して東京へ行けない、年老いた両親を残して東京へ行けない、家業に専念しようと決めた。

子供が男の子三人となり、両親と同居することになった。

妻は、両親と同居してからも従順で、いつも元気溌剌、明るく輝いていた。

何一つ不平、不満を言うことなく、毎日毎日家事、育児の傍ら家業に従事してくれた。

私は、妻から不満など聞いたことがなかった。

妻は、両親から気立ての優しい、見映えのするいい嫁だと可愛がられた。

特に、父は妻を気に入り、買い物、お中元、お歳暮などに連れ出し「長男の嫁や」と言って自慢をしていた。

妻は、いつも「今日お父さんがお昼に御馳走をしてくれたの」と言って喜んでいた。

近所でも人当たりのいい、見映えのするいい嫁だと評判になった。

農協や婦人会、商工会の女性部から誘いがきて入会し、役員にも選ばれた。

ＰＴＡの役員、県政広聴員にも選任され、婦人会や商工会女性部のイベントにもよく駆り出されていた。

そのときの集合写真を見ると妻が一番目立ち、輝いているように感じた。

妻は、熱心に子育てに励み、三人の息子たちをわけ隔てなく育てた。

休みの日には、動物園、水族館、いろんなところへ連れて行った。

息子たちが専門学校、大学へと進学し一人暮らしになると、部屋の掃除に二人で出向いた。

金沢、高岡、大阪と毎週のように出かけた。

しかし、平成八年の秋遅く妻が乳がんを患った。

いつの日も明るく、元気に育児に励み、家業に従事していた妻が乳がんと言う病に冒されていた。

就寝前に妻が「お父さん、私の右のおっぱいを触ってみて。何か変なの。何か固いものがあるの」と言う。

妻の言うとおり右の乳房を触り、左の乳房と比べてみた。右の乳房から指先にしこりのような固いものを感じた。これは悪いものに違いないと思った。

「明日、病院へ行こう。何もなければ安心できるから」と話し合った。翌日、福井県済生会病院へ付き添って行った。

主治医は、乳腺外科専門の寺川哲郎医師。

妻は、エコー検査などいろいろな検査を受けた。

妻が診察室へ入っている間、私は、待合室で待っていた。待合室で待っていると看護師が主治医の説明があると言って呼びに来た。

主治医の前に座ると、

「乳がんです。すぐに手術をしましょう、一刻も早いほうがいいですから」

と告げられた。

乳がんと聞いて驚いた。胃がんと言う病名は何度か耳にしていたが、乳がんと言う病名は初めて聞いた。妻は、主治医の前で泣いていた。

私は周囲から、がんという病は死に至る恐ろしい病だと聞かされていたので動揺してしまい、急に不安感に襲われた。

主治医から、手術の方法や治療方針の説明を受けた。手術は乳房温存法という手法だった。

全摘出ではなく、悪いところを取り除く手法だという。

主治医に、

「妻を助けてください、お願いします」

と懇願した。

入院の日取りも決まった帰り道、妻が、

「お父さん、海を見たいの。海を見に行こう。海を見たら一緒に死のう。一緒に死んで」と言う。

私は、妻の言うとおり一緒に死のうと心に決めて越前海岸へ向かって車を走らせた。

息子たちを連れて海水浴に行ったことのある思い出の鷹巣海水浴場へ向かった。

鷹巣海水浴場に着くと、誰もいない浜辺で手をつないで海を眺めた。波の穏やかな大海原だった。

妻は、大海原を眺めて気持ちが落ち着いたのか、一緒に死のうとは言わなくなった。

「お父さん、もう帰ろう。海を見て気持ちが落ち着いたよ。頑張って手術を受けるからね。帰ろう」

「母さん、大丈夫だよ。頑張って手術を受けて」

と言って妻を抱き締めた。穏やかな気持ちになり家路に着いた。

手術の日、妻の妹で看護師の美枝子さんが来てくれた。

手術に向かう妻の手をにぎり「母さん、がんばれよ」と言って励ました。

無事手術も終わり、主治医から取り出した患部を見せられ説明を受けた。

妻の入院中は毎日面会に行った。日に日に元気になるようでとてもうれしかった。

妻は、退院後、しばらく自宅療養に努めた。養生した甲斐があり元気な姿を取り戻した。

妻は見事に乳がんを克服し、元気を取り戻すと「近くの社会福祉協議会で看護師として働きたい」と言い出した。

妻は、その職場になじみ、利用者からの信望を集め生き生きと輝いてきた。


妻は、各地へ旅行に行った。簡保旅行会、信用金庫の親睦会などの団体旅行で沖縄、北海道、海外ではハワイ、シンガポールなどを旅した。

四泊五日の簡保旅行会でオーストラリアへ行った。妻が「こんな機会はめったにないので一緒に行こう。夫婦連れで行く人が多いらしいの」と言って連れて行ってくれた。費用は全額妻が払ってくれた。

私は、海外旅行は初めてで、関空から搭乗した。

真夜中の一時ごろ、フィリピンの上空を飛行中という機内アナウンスが入った直後、妻が急に「お父さん、気分が悪いの、息苦しいの」と言う。

すぐに客室乗務員を呼んだ。機長と何かやり取りをしている様子だったが、言葉が分からない。

客室乗務員は、親指を立てて何か合図を送っているように見えた。

すぐに妻を引きずりコックピットへ連れて行った。

私は、フィリピンの空港に着陸するのだろうか、妻は大丈夫だろうかと心配になり不安になった。

三時間ほど経つと妻が一人で戻ってきた。

「大丈夫？　心配したよ」

「もう大丈夫よ。心配を掛けてごめん。エコノミークラス症候群だと言われたの」

私は胸をなで下ろした。シドニーに到着すると妻は何事もなかったかのように元気になっていた。異国の色んな観光地、名所旧跡を巡り楽しい思い出ができた。

長男の法正が嫁をもらうと、「お父さん、大きい家がほしいね。家族が増えるからね」と言う。

家の大きさや間取りについて「家相が大事だよ。鬼門方位に玄関や水回りは取れないよ」「日当たりいいところを居間にして、便利のいいシステムキッチンにしてほしいね」

などと話し合い設計書を作った。建坪九十七坪の二階建ての木造住宅を新築した。「隣の家が二世帯住宅になっているの。二階に流し台、洗面台、ユニットバス、トイレを付けよう」と言うので二階に流し台などを取り付けた。当初は妻と二人だけの生活だった。

法正に男の子が生まれ、初孫の誕生を喜び合った。

孫が生まれたという知らせを聞いた妻が、「お父さん、孫の顔を見たいね。嫁の入院している産婦人科病院へ面会に行こう」と言う。

二人で毎晩のように嫁の入院している産婦人科病院へ面会に行った。保育室で元気に手、足を動かしている初孫の姿に感動した。

「お父さん、私たちの初孫だね。元気そうな男の子だね、よかったね」

「母さん、他の赤ん坊と比べても見劣りしないね」

などと言って喜び合った。

五体満足で生まれてきてくれたことに感謝し、「お父さん、どんな孫に育ってくれるのか楽しみだね。元気に育って欲しいね」と妻は声を弾ませた。

初孫の日に日に成長する姿を喜び合った。名前を侑輝と名付けた。

孫の侑輝が歩けるようになると休みの度に連れ出し、敦賀の実家、福井県立恐竜博物館、武生菊人形などへ連れて行った。

初孫を可愛がった。孫と過ごす時間はとても楽しかった。


二人目の孫が生まれ、長男夫婦と同居、六人家族となり、同じ屋根の下で暮らせる喜びを感じた。

「お父さん、やっと人並みになれたね。孫と一緒にいると楽しいね、幸せを感じるよ」と言って喜んでくれた。

私と妻は、生後六か月の次男の昂輝を毎夜連れて寝ることにした。

夜中にミルクを飲ませ、おむつの取替などの世話をした。

夜中に昂輝が泣くと「お父さん、起きて。昂輝のミルクの時間だよ。ミルクを作ってきて。熱いのはダメ、人肌の熱さにして」というので言われたとおりミルクを作った。

昂輝がミルクを飲み終えると「今度はおむつを取り替えるよ。優しく持ち上げて。乱暴に扱ったらだめだよ」と言って要領を教えてくれた。

さすがに妻は看護師で、子育ての経験もあり手慣れたものだ。

教えられたとおりに昂輝のおむつの取り換えができるようになった。

昂輝の世話は苦にならなかった。

「お父さん、昂輝は大きくなったね。体重も重くなったね」と言って、日に日に成長する姿を喜び合った。

孫たちが幼稚園、保育園に進むと、発表会があるたびに「お父さん、今日は侑輝、昂輝の発表会だよ。見に行こう」と言って誘ってくれた。

孫たちのしぐさを見ていると「お父さん、うちの孫はよその子と比べても見劣りしないね。うれしいね。楽しみだね」と言って喜び合った。孫たちに囲まれた生活はとても楽しかった。

しかし、妻は、次第に「お父さん、ストレスがたまる。疲れるよ」と言うようになった。

二人で買い物などに出かけるたびに、「お父さん、あと何回一緒に行けるかな」と言う。

私は、なんと寂しいことを言うのだろうと思ったが、何も答えられなかった。

第三章　闘病、そして死別

あんなに元気溌剌で輝いていた妻が再び病魔に冒されていた。

人としてこの世に生まれてきて死ぬ病が一番つらい、苦しいと人は言う。

妻は、すい臓がんという大病を患ってしまった。

つらい、苦しい大病を患ってしまった。なんという不運だろうか。


それは平成三十年六月二十八日夜のこと、風呂上がりの妻の体を見た。痩せて見えた。何かの病気に違いないと感じた。

「母さん、痩せたみたいだよ。心配だよ。明日、病院へ行こう。何ともなければ安心だから」と話し合った。

翌日、福井県済生会病院へ付き添って行った。


総合受付で採血を指示され、採血を済ませて、内科外来の医師の診察を待った。

内科外来の担当医から、

「採血の検査数値を見ると消化器系の病気の疑いがあります。消化器専門の医師を紹介しますから」

と告げられた。

主治医は、消化器専門の野田正則医師に代わり、主治医の指示でエコー検査やPET検査など受けた。

主治医からPET検査結果の画像を見せられた。画像を見るとすい臓の頭部と動脈の一部が黄色く点滅していた。

主治医は、点滅している部分を示して、

「病名はすい臓がん。かなり進行している。他の部位へも転移している」

と説明してくれた。

すい臓がんと聞いて愕然とし、絶句した。あの屈強な大横綱でさえも勝てなかった病と知って大きな衝撃を受けた。私と妻は、主治医の前で間違いであってほしいと願い大泣きした。

平成八年の秋遅く妻が乳がんを患った時の悪夢が甦った。私は、妻が乳がんを患った経験からこの度のすい臓がんも克服してくれるものと信じた。

妻のすい臓がんについて主治医から「治療は、薬物療法しかない。手術はできない」と告げられた。不安になり、妻を助けなければと焦った。

私は、主治医に「妻を助けてください。お願いします」と懇願した。

主治医からすい臓がん治療の薬物の名前や使用する期間などの説明を受け、セカンドオピニオン制度があることを知らされた。

病気について他の病院の診断を受けられる制度だった。妻の妹の美枝子さんに相談をした。

「金沢大学病院にすい臓がん治療の名医がいるから、その名医の診断を受けてみたら」とアドバイスを受けて金沢大学病院を希望し、日取りも決めた。主治医から「金沢大学病院へ検査データを送信する。体調の都合で代理人でもいいですよ」と説明を受けた。妻は「直接説明を聞きたい。私も行きたい」と言う。


妻の病気を克服したいという強い執念を感じ、良い診断結果がでてくれることを祈った。元気になってくれるものと信じ、縋る思いで金沢大学病院へ行った。

次男国康夫婦、妹美枝子さんに同道してもらった。

妻は、高速道路を走行中、不安そうに車窓の景色を眺めていた。

妻の不安そうな姿を見つめていると泣けてきた。妻の心中を察して泣いた。


妻は、同病院の名医の説明を真剣に聞いていた。

名医の診断の結果はやはりすい臓がん。治療の薬物の名前も治療方法も主治医の診断と同じ。

福井県済生会病院で治療することに決めた。

「お父さん、こんな病気になってしまってごめんね。何も悪いことはしていないのにね。もっともっと長生きをしたいの。お父さん、私を助けて。いつまでも傍にいてね。二人で長生きをしようね」

「初めて出会ったころを思い出して頑張ろう。すぐに元気になれるよ。病気なんかに負けるな。きっと助けてあげるから、いつまでも傍にいてくれ。離れないでくれ。一生懸命看病してあげるから、支えてあげるから、安心して」

私は、妻を抱きしめて泣いた。

いつまでも妻と一緒に暮らしたい。何としても妻を助けたい。妻の看病をしよう。力になろう。支えなければと決意し、家業を三男将之に任せた。

すい臓がんとはどんな病気だろうかと思い、インターネットで検索した。

すい臓がんの十年後の存命率は、数あるがんという病の中で一番低かった。他の病は八十数パーセント以上もあるのに、すい臓がんは僅かに数パーセントという低さだった。なんという不運だろうかと衝撃を受けた。

一緒に暮らしていながら早く気づかなかったことを後悔した。

すい臓がんの早期発見でステージゼロの段階ならば十年後の存命率は九十四・七パーセント。また、年間の罹患者数は、人口十万人当たり約三十人と言う統計があることを知った。

すい臓がんは自覚症状に乏しく、また、胃の後ろに位置していることから早期に発見することが困難の上、進行も早く、ステージⅣの段階で発見された時はすでに末期の状態であるという。

妻は看護師だけにどんな病か熟知している。妻の受けた衝撃は計り知れないと思うと胸が痛んだ。妻の不運な現実を目の当たりにして動揺し、何と厳しい病だろうかと思い妻と抱き合って泣いた。

すい臓がんを克服したという体験者の手記をコピーして渡すと、妻は、食い入るようにして読んでくれた。

「母さん、こんな病に負けるな。生きる望みは充分ある。すい臓がんを克服した人はたくさんいるよ。必ず助けてあげるから。二人で頑張ろう。いつまでも二人で長生きをしよう。いつまでも傍にいてくれ」

と言って泣きながら妻を抱きしめて励ました。

妻は我慢強く、力強かった。

「お父さん、私は頑張るからね。こんな病に負けたくない。お父さんを残して死なれないからね。もっともっと長生きをしたいの。お父さん、二人で長生きしようね。いつまでも傍にいてね」

私は、妻の決意に泣いた。

「母さん、心配するな。大丈夫、きっと治る。必ず助けてあげるから。すぐに元気になれるよ」

妻の姿を見つめていると泣けてきた。堪え切れずに抱きしめて泣いた。

梅雨晴れの日のこと、入院の日取りも決まった帰り道、

「お父さん、どこか景色のいいところへ連れて行って。気分転換したいの」

と言う。

「永平寺町との境界にある剣ヶ岳という山へ行こうか。あそこは一番景色がいいから、いい気分転換になると思うよ」

と言って誘った。


剣ヶ岳の頂上に着くと車を降りて妻と手をつなぎ、あたりを散策した。誰もいない場所なので気楽に散策できた。天気も良くて、四方の山々に囲まれた福井平野、足羽川、九頭竜川、福井市の街並みを遠く眼下に見渡すことができた。


妻は、緑豊かな景色と新鮮な空気に満足した様子で、

「お父さん、遠くまで見渡せるね。いい景色だね。空気がおいしいね。いい気分転換になるよ。ありがとう」と言って喜んでくれた。

妻は、しばらくあたりの景色を眺めていたが、突然に、

「お父さん、私はいつまで生きられるのかな。私はもうだめかもしれないね。お父さんと二人で長生きをしたいね。いつまでも一緒にいたいね。死にたくないね」

と寂しそうに言う。思わず妻を抱きしめた。

「母さん、大丈夫だよ。こんな病に負けることはないよ。まだまだ長生きできるよ。支えてあげるから、必ず助けてあげるから。安心して、頑張って治療を受けよう。二人で長生きをしよう。ずっと傍にいてくれ。また一緒に買物に行こう」

と言って励ました。妻は頷いて、

「お父さん、私は頑張って治療を受けるからね。お父さんを残して死なれないからね。二人で長生きをしようね。私を助けてね」

と言ってくれた。

私は妻の決意に泣いた。妻の心中を察して泣いた。妻を力いっぱい抱きしめて泣いた。

妻が入院し、壮絶な闘病生活が始まった。週一回の抗がん剤治療が始まった。

私は一人で、妻と毎月二十八日にお参りをしていた市内の西木田にある「不動明王」へ願掛けに行った。何回も行って、「妻を助けてください、二人で長生きができますように」と両手を合わせてお願いをした。

私は、早く元気になって欲しいと願い、毎日面会に行った。妻が「私が入院したことは誰にも知らせないで。妹の美枝子だけに知らせて。職場へ休むと伝えて」と言う。

妹の美枝子さんに知らせ、妻の職場の上司に病気休暇を願い出た。

また、「病気療養中の姿を見せたくない。苦しんでいる姿を見られたくない。誰にも会いたくない」と言うので面会謝絶を申し出た。

妻が入院した当日、私だけが主治医に呼ばれた。診察室で同じ検査結果の画像を見せられ、妻の病状を聞かされた。

「病状はステージⅣ。治療しなければ一か月、治療をしても三か月の命です」

と告げられた。大きな衝撃を受けた。

「えっ、まさか、そんなはずはない。あんなに元気な妻が。死ぬはずはない。あと三か月の命とは間違いでしょう」

と問い返した。主治医は無表情で首を横に振るだけだった。

主治医の表情や余命三か月の宣告に厳しい事態になっていると察し、即座に、

「妻を助けたい。助けてください。お願いします」

と懇願した。主治医は黙って頷くだけだった。

診察室を出たが心の動揺が収まらない。真っすぐに病室へ戻ることができなかった。

動揺している心を妻に気付かれないように、平静を取り戻そうと思いしばらく談話室

で休んでいた。

　妻の、早く元気になりたいと懸命に治療を受けようとしている姿を思うと、主治医の、あと三か月の命という話はどうしても妻には言えない。息子たちにも言えない。誰にも言えない。自分の胸の奥深くしまい込むことにした。しばらく休んでいたが心の動揺は収まらなかった。

　心の動揺が収まらないまま病室に戻ると、妻は眠っていた。妻の眠っている姿をじっと見つめた。赤崎海岸で初めて見たときの可愛い寝顔そのものだった。

　あと三か月の命とも知らずに眠っているのだろうなと思うと不運な現実に泣けてきた。こんなにも優しい、穏やかな顔をしているのに、あと三か月の命とは。

　妻と一緒に暮らす日数があとわずかになってしまったのかと思うと愛おしくなり涙が溢れてきた。堪え切れずに廊下へ出た。妻に気付かれないように廊下で泣いた。

　妻が入院した翌日、副院長の寺川哲郎医師が見舞いに来てくれた。

　二十二年前に妻が乳がんを患った時の主治医で、現在副院長の職にある人だ。副院長は、入院患者の名簿の決裁で妻の入院を知ったのだろう。

　妻は、副院長の顔を見るなり感激して泣いた。副院長は、

「あなたの二十二年前のことはよく覚えているよ。あなたの主治医の野田先生は腕のいい先生だからね。安心して治療を受けなさいね。大丈夫だからね。頑張りなさいね」

と優しい言葉で励ましてくれた。私と妻は、副院長の優しい言葉に泣いた。

「助けてください。お願いします」

と妻が泣きながら懇願した。

「妻を助けてください。お願いします」

と私も懇願した。

「寺川先生が私のことを覚えていてくれてうれしい。お父さん、頑張るからね。二人で長生きをしようね。いつまでも私の傍にいてね」

副院長が二十二年前のことを覚えていて、優しい言葉をかけて見舞ってくれたことに感激して泣いた。


入院中の妻は、笑顔もあった。重病だと感じさせないほど元気で、本当にすい臓がんだろうかと疑うほどだった。

担当の看護師やほかの入院患者らと談笑し、明るく接して入院生活を送っていた。

友人らと携帯電話で楽しそうに笑いながらやり取りをしていた。そんな妻の入院生活を見ていると二十二年前の乳がんを患った時のように病を克服してくれるものと信じた。

また、孫たちと元気で楽しく暮らせる日々がくるものと信じてやまなかった。

退院し自宅療養になった。週一回の抗がん剤治療は継続。

私は、毎回通院に付き添い、寝起きに負担がかからないように電動ベッドに取り換えた。

寝室、トイレに手すりを取り付けた。妻は、

「こんな病気に負けたくない。長生きをしたい。お父さん、二人で長生きをしようね」

と執念を燃やし治療に専念した。

笑顔もあり、自分の身の回りのことは難なくこなしていた。一人で車を運転し、スーパーマーケットへの買い出しなども普通にやっていた。

炊事、掃除、洗濯等の家事も苦もなくこなしてくれた。


妻と一緒に過ごす時間がふえ、話し合う時間も長くなった。夫婦とは、不思議な感情で繋がっていると思った。

傍にいると夫婦の固い絆を感じた。愛する妻の看病は苦にも重荷にも感じなかった。

妻の看病は他の人に任せるものではない、夫の当然の務めだと思った。妻の要求はなんでも受け入れられる。早く元気になってくれることを願いながら看病した。

このまま時間が止まってくれないものかと願いつつ、また孫たちと仲よく、元気で楽しく暮らせる日がくるものと信じて看病した。

自宅療養中の妻が、突然に「お父さん、私が死んだら困るから、ご飯の炊き方を教えるからね。野菜の煮物の作り方も教えるからね」と言う。

私は驚いた。妻は、死が迫っていることを感じているのだろうか。普段の妻の雰囲気とは違うように感じた。

妻がご飯を炊くときの水加減や手順を丁寧に教えてくれた。

「米の量がこれぐらいなら、水の量はこの目盛りまでだよ」と。野菜などの煮物の作り方も。

「野菜は水で良く洗うんだよ。豚肉と一緒に煮込むとおいしくなるからね」

いろいろな煮物の作り方も教えてくれた。

「お父さん、これで私が死んでも大丈夫だからね。お父さんなら自分でできるからね。

全部自分でできるよね。何でも自分でするんだよ」

私は、「母さん、一人ぼっちにしないでくれ。離れないでくれ。何もしなくていいから。見ているだけでいいから。そばにいてくれるだけでいいから」と言って妻の手を握りしめて泣いた。妻の心中を察して泣いた。

妻が私のこれから先のことを心配してくれていると思うと泣けてきた。


主治医の診察のあと、点滴を受けるためアメニティルームへ行った。

点滴は一時間半かかり、その間、私は、待合室で妻の治療が終わるのを待った。

待合室で待っていると、何人もの働き盛りの男性や主婦らしき女性や若い女性が点滴を受けに来た。

この人たちはどんな病気の人だろうか、妻と同じ病気の人だろうか、若い人なのに気の毒だなぁと思いながら待ち続けた。

治療を受けている妻の様子が気になり、カーテンの隙間から治療室をそっと覗き見た。

妻の苦痛に耐えて必死に生きようとしている姿が見えた。その姿は痛々しかった。

私は、妻の姿を目の当たりにして泣いてしまい、思わず両手を合わせて祈った。

妻がかわいそうだ、助かって欲しい、早く元気になってくれ、長生きをしてくれ、いつまでも傍にいてくれと祈らずにいられなかった。

どんな姿になっても生きていて欲しい、たとえ歩けなくなっても私がおんぶしてあげるから、どこへでも連れて行ってあげるからと心に決めた。


週一回の主治医の診察と抗がん剤治療が終わると、病院のレストランで昼食を食べて家へ帰った。妻の食欲は旺盛だった。

主治医も驚くほどの食欲だった。三度の食事は完食した。

おやつに、果物や桃の缶詰などを食べた。毎夜「お父さん、おなかがすいた。おにぎりが食べたい。作ってきて」と言う。妻の言うとおりおにぎりを作ると、「ありがとう、お父さん。おいしいよ」と言って全部食べてくれた。


抗がん剤治療が始まってしばらくすると、手や足がしびれるなどの副作用が出てきた。

「お父さん、手、足がしびれるの、揉んで」と言うので、妻の手、足を揉んだり、摩ったりした。

「お父さん、ありがとう。楽になったよ。もういいよ」と言うまで手、足を揉んだり、摩り続けたりした。それでも手、足のしびれはひどくなるばかりだった。何時間も妻の手、足を揉んだり摩り続けた。

二人で買い物に出かける時は妻が運転をしていたが、次第にハンドルやブレーキ操作に支障を来すようになった。

「お父さん、手、足がしびれて車の運転が怖いの。運転を代わって」と言い出した。

その後、全く運転をしなくなり、炊事、洗濯、掃除などの家事は、私の仕事になった。


自宅療養中の妻がある日こんなことを言った。

「お父さん、私は死にたくない。お父さんを残して死ねないの。もっともっと長生きをしたいの。お父さん、二人で長生きしようね。私の傍にいてね。まだまだやりたいことがいっぱいあるの。お父さん、助けてね」

言葉に詰まった。胸が痛んで、妻のやせ細っていく体を抱きしめて泣いた。

「母さんが大好きだ。愛している。死ぬな。死なないでくれ。一人ぼっちにしないでくれ。二人で長生きしよう。いつまでも傍にいてくれ」

と繰り返すしかなかった。

妻は、薬の副作用の吐き気に随分苦しめられた。

吐き気を催すたびに妻の背中を摩り続けた。何時間も摩り続けた。

妻が薬の副作用に苦しめられている姿を見るのはつらい。

あまりにも苦しむ姿に、代わってやれないものかと思った。

頭髪が抜けるなどの副作用が出てきた。

妻は、頭髪のことを非常に気にしたので、妹の美枝子さんと国康の妻幸恵がかつらを調達してくれた。それからはかつらをつけて出かけるようになった。


秋の天気の良い日のこと。

妻が「お父さん、いいお天気だね。どこかへ連れて行って。朝倉遺跡へ行きたい。あそこでおいしいものを食べよう」と言う。

朝倉遺跡へ行った。手をつなぎ、秋の柔らかい日差しを浴びながら散策した。

戦国時代の様子を想像し、ここが朝倉城があった場所だろうかなどと話し合いながら散策した。話は尽きることがなかった。

散策していると近くの老人ホームに入所しているという二人連れの老婆に声をかけられた。妻は、初対面なのに笑顔で親しげに話をしていた。

話が弾み随分長い時間話し込んでいた。昼になり敷地内のレストランで朝倉名物だという定食を注文し食べた。

妻は食欲旺盛だった。大満足した様子だった。楽しそうな笑顔もあった。妻といろいろなことを話し合えた。

「お父さん、今日はありがとう。楽しかったね。食事もおいしかったね。いい気分転換になったよ。また連れて行って」と言って喜んでくれた。とても楽しい一日だった。


妹の美枝子さんの休みの日には市内のショッピングセンター「ベル」で何度も待ち合わせた。買い物をしたり、喫茶店で談笑したり、食事をしたりして楽しく過ごした。

姉妹の会話を傍で聞いていると、いつも家族の近況や親類の出来事の話が多かった。

さすがに血肉をわけた姉妹だと感じた。妻は、美枝子さんに会うと一段と笑顔があふれ、随分気が紛れた様子でとても生き生きとしていた。


苦痛や抗がん剤の副作用にも耐えてよく頑張ってくれた。抗がん剤の治療効果もあり病状も良くなっているように感じた。主治医から「検査の結果も良くなってきている。今なら手術も可能だ。手術を受けますか」と打診された。

手術執刀の担当医の西田文夫医師から手術の日程や治療方針などの説明を受け、「長生きできるなら受けたい。お父さんといつまでも一緒にいたいからね」と言って手術を受ける決意をした。

平成三十一年三月十八日の手術の日、不安そうに手術室に向かう妻に付き添った。
妻の手を強く握り、
「母さん、大丈夫だよ。頑張れよ」
と言って励ました。妻は頷き、
「ありがとう。頑張るからね」
と言って手術室へ消えた。
私は、息子たちと家族控室で手術が終わるのを待った。
手術が成功しますように、妻が長生きできますようにとひたすら祈っていた。
手術は、九時間に及ぶ大手術だった。
主治医から手術は大成功だと説明を受けた。
これで妻は長生きできると安心し、主治医に感謝した。

術後、妻は、発熱やいろいろな症状が出て入退院を繰り返した。

入院の度に毎日面会に行った。

今度こそは元気になってくれるものと信じて通い続けた。

妻の優しい心を求め、妻の優しい笑顔を見たい一心だった。

病室は、妻と二人だけの世界だった。

「お父さん、話が聞きたいの。何か話して」と妻が言う。

出会ったころからの思い出や家族のことなどの話をした。

「母さん、私と初めて出会った時の印象はどうだった。初対面なのに口づけを交わしてしまったね、不思議だったね」

「お父さんを初めて見てとてもいい人だと思ったよ。すぐに好きになってしまったよ。生まれて初めて口づけをされてもいいと思ったよ」

手をつなぎ、お互いの温もりを感じながら語り合った。

話は途切れることはなかった。

午後九時の消灯の時間まで語り合った。別れ際、

「お父さんと一緒にいると心が休まるの。気持ちが落ち着くの。明日も早く来て。話を

聞きたいからね。待っているからね」

と言ってくれた。妻は、随分気が紛れた様子だった。

ある夏の日、妹の美枝子さんといつものショッピングセンター「ベル」で待ち合わせ、買い物をしたり、食事をしたりして楽しく過ごした。

帰り際に美枝子さんと「またね。ありがとう。また連絡するからね」と笑顔で別れの言葉を交わした直後、妻が車に乗ろうとして車止めにつまずき転倒した。

美枝子さんに手伝ってもらい、妻を抱き起して車に座らせた。

すると、美枝子さんが「姉ちゃんの意識がない。救急車を呼んで」と言うので慌てて救急車を呼び、済生会病院へ救急搬送をお願いした。美枝子さんに付き添ってもらった。

診断の結果、肋骨にひびが入っているが命に別状はないと言われ帰宅した。一安心した。

妻は、敦賀の実家、稲葉家の法事を楽しみに待っていた。

主治医診察の日、妻が主治医に、

「十一月四日の敦賀の実家の法事に行きたい。行っても大丈夫ですか」

と聞くと、主治医は、

「大丈夫ですよ。問題ないですよ。行ってきなさい」

と答えてくれた。

しかし、稲葉家法事の当日の朝、

「お父さん、敦賀まで行く自信がないの。お父さん一人で行ってきて。私は休んでいたいの」

と言う。

私は、一人で法事に出かけることにした。

家に帰って稲葉家の様子を報告すると、

「お父さん、ありがとう。私も行きたかった。みんなに会いたかった」

と言って残念がった。


妻の一日の行動をメモに残した。体温、体重、食事、トイレの回数など記録した。

六十キログラムの体重が三十五キログラムになり、病状は悪くなるばかりだった。

妻は、吐き気、だるさ、つらさなど抗がん剤の副作用に苦しめられた。何時間も「つらい、痛い、苦しい。お父さん、助けて」と叫び、もがき、苦しんだ。手摺にしがみついて「お父さん、つらい、助けて」と今にも息が止まってしまうのではないかと思うほどの苦しみようだった。

妻の抗がん剤の副作用に耐えている姿は痛々しい。

妻の苦しんでいる姿を見るのはとてもつらい。できるなら代わってやれないものかと。

「母さん、大丈夫だよ、頑張れよ」と言って何時間も摩り、撫で続けた。

私には妻を励まし、体を摩ったり揉んだりすることしかできない。

妻の苦しみを助けてやれない無力さを痛感した。

「母さん、苦しんでいるのに何もしてあげられなくてごめんな。我慢して。許して」と言って謝った。


妻は、身の回りのことができなくなり、自力で起き上がれなくなってきた。

歩くのも支えてあげなければ歩けない。トイレも自力で行かれなくなり、介助が必要になってきた。

妻の入浴の手助けをした。身体を洗い流すたびに痩せ細っていく。

「お父さん、骨だけの体になってしまったね。もうだめかもしれないね。寂しいね。情けないね」と言って涙を流した。

私は妻の言葉に思わず泣いてしまい、何も言えなかった。

泣きながら妻のやせ細った体を洗い流し続けた。日に日に衰える姿を見るのはとてもつらい。

相当苦しいのだろうか、妻から笑顔が消えた。

妻の入浴の手助け、着替えの手助けをするたびに、

「お父さんありがとう。こんなことしてくれるのはお父さんだけだね。本当にありがとうね」と繰り返し言う。

「母さん、ありがとうなんて言わなくてもいいよ。母さんが好きだから何でもできるよ。夫婦だから何でもできるよ。何でもやらせて。心配しなくていいよ。安心して」

と言って励ました。

記憶違いも多くなり、曜日も間違えるようになってきた。孫の侑輝に「ばあちゃん、今日は日曜日だよ」などと教えられていた。

歩行も困難になり、杖や車いすに頼らなければならなくなり、将之と二人がかりの介助となった。

四月の桜満開の季節、主治医診察予約の日、「お父さん、桜の季節だね。満開の桜を見たいの。桜の一杯見えるところを通って病院へ行こう」と言う。

遠回りをして福井の桜の名所、通称「桜通り」を走ることにした。

道路の両側の桜並木は満開だった。

「お父さん、満開の桜の花はきれいだね。満開の桜を見ると心が落ち着くね、ありがとう」

そう言って妻は、満開の桜並木を食い入るように眺めていたが、突然、

「お父さん、桜を見るのは今年が最後になるかもしれないね。来年は見られそうもないね。お父さんともうお別れかも知れないね。もっともっと二人で長生きをしたいのにね」

と寂しそうに呟いた。

思わず妻の手を強く握った。

「母さん、そんなことはないよ。まだまだ何年も見られるよ。大丈夫だよ。元気になれるよ」

妻の寂しげな横顔を見つめていると、愛しく思い泣いてしまった。

診察予約の日、妻は、主治医に、

「私はこのまま死んでしまうのですか。先は短いのですか」

と質した。

「頑張りましょう」

としか答えてくれなかった。

妻は、先の短いことを悟り、恐怖と不安を感じている様子だった。

主治医診察の待合の時間中も、疲れ果てるのか別室で休ませてもらうことが多くなった。相当つらそうな様子だった。

処方される薬の量も多くなり、一気に飲めなくなった。

三錠ずつ三回に分けなければ飲めない。妻は、薬を飲むのが苦痛だと言い出した。

「つらい。痛い。お父さん、楽にして」

「お父さん、早く楽にして。一緒に死のう。ねぇ、一緒に死んで」

私は、妻の言葉に躊躇し、心が揺れ動いた。どうしても妻とともに生きる望みを捨てきれなかった。

私には妻を楽にしてあげる術《すべ》がない、ただ励まし体を摩ったり、揉んだりすることしかできない。

「母さん、大丈夫。頑張ろうな。絶対に良くなるから。また元気になれるから。また、一緒に買物に行こう」

浮腫んできた妻の体を何時間も摩り、揉み続けた。

妻は、寝たきりになってしまった。自分で食事もとれなくなり、私が食事を口に運んであげるようになった。食事の量も減ってきた。

妻の、天井を眺めている姿に死が迫っていることを感じているに違いないと思うと愛おしくなり泣いてしまった。

生きる気力が失せたのだろうか、寂しい言葉を口にすることが多くなってきた。

「お父さん、こんな姿になってしまってごめんね。もうだめかもしれない。元気になれないんだね。お父さんの先に逝くんだね。お父さん、長い間ありがとうね。本当にありがとうね。お父さん、長生きしてね。私の分も長生きしてね」

と繰り返し言う。

私は、何にも返答できなかった。どのように答えればいいのか言葉が見つからなかった。妻の寝たきりの姿を見ていると虚しくなり、妻の手を強く握りしめて泣いた。

「母さん、一人ぼっちは嫌だ。一人ぼっちにしないでくれ。死ぬな。死なないでくれ。いつまでも傍にいてくれ。いつまでも生きていてくれ」と言って妻を抱きしめて泣くばかりだった。


処方された痛み止め薬オギノーム、オキシコンチンも効き目がなくなってきた。

「お父さん、つらい。体が痛いの。助けて。一緒に死のう。一緒に死んで」と繰り返し言う。

「母さん、大丈夫だよ。元気になれるから。また、一緒に買物に行こう」と言って励まし、妻の浮腫んだ体を何時間も揉み、摩り続けた。

五月五日の夜、突然妻が、

「つらい、痛い、我慢できない。お父さん助けて」

と言い出した。

私は救急車を頼み、早く病院へ行かなくてはと焦った。

「救急車は嫌だ。呼ばないで」

と言って救急車を拒んだので息子二人と三人がかりで敷布団ごと担架にしてどうにか

車に乗せた。

将之の運転で病院へ急いだが、途中で妻の容体が気になった。福井東消防署の美山分遣所に立ち寄り、事情を説明し、福井県済生会病院へ救急搬送をお願いした。病院への連絡もスムーズにいったようだった。

救急隊員から、救急車に乗るよう促されて乗り込むと、妻は酸素マスクを付けられ寝台に固定された。

私は、妻の気持ちが落ち着くようにしっかりと手を握った。体につながれたいくつもの計器類が動いている。

救急隊員が血圧、心電図などの状況を通報している。

妻は、救急隊員の問いかけに頷き、はっきりとした口調で受け答えをしていた。

「お父さん、つらい。痛い」と繰り返し言う。

「母さん、もう少しで着くよ。頑張って」と言って励ましつづけた。

救急車が夜間救急外来に到着すると、救急治療室で当直の医師、看護師数名がすぐさま治療を開始してくれた。

妻が治療を受けている間に妹の美枝子さんに連絡を入れていると、看護師が当直の救急担当医の説明があると呼びに来た。

救急担当医から「極めて重篤《じゅうとく》だ。明日までの命かもしれない。自宅で対応は無理でしょう。入院するように」と言われ、入院することに決めた。

救急治療室での妻は、恐怖と不安を感じているようだった。手当てを受けている間「お父さん、怖いよ、傍にいて。寂しいの。死にたくないの」と何度も繰り返し言う。

私は、妻の手を強く握り、「母さん、傍にいるよ。どこにも行かないよ。大丈夫だよ。安心して」と言って妻の浮腫んだ体を摩り続けた。

病室へ移動したときは真夜中の二時になっていた。

「お父さん、傍にいて。一人にしないで。寂しいの。どこへも行かないで。帰らないで」

妻のその言葉に一人残して帰ることなどできなかった。付き添うことにした。

妻の手を握り、

「母さん、母さんを残して帰りたくないよ。母さんの傍にいたいよ。どこにも行かないよ。いつまでも一緒だよ。付き添ってあげるからね。安心して」

と言って慰めた。

妻は、安心したかのように頷いてくれた。妻の浮腫んだ体をやさしく摩り続けた。弱気になった妻の姿を見るのはとてもつらい。妻の手をそっと握ると、妻は強く握り返してくれた。

妻の体を摩りながら「死ぬな、長生きしてくれ。いつまでも傍にいてくれ。一人にしないでくれ」と何度も話しかけた。

そのたびに妻はうんと頷いてくれた。妻のベッドに横たわって苦しんでいる姿を見つめていると泣けて眠れなかった。巡回の看護師とのやり取りの声もはっきりと聞こえた。

翌朝、

「母さん、大丈夫？　楽になった？」

と聞くと、

「うん、大丈夫。楽になったよ」

と答えてくれたので安心した。

これが妻と二人きりの最期の会話になろうとは。

朝早く美枝子さんが見舞いに来てくれた。妻の体を摩り、体を拭くなど身の回りの世話をしてくれた。妻と会話も交わしていた。昼頃、美枝子さんが帰った。

午後になると将之が着替えを持ってきたので、二人で妻を見守った。妻は、薬が効いているのか、静かに眠っていた。


午後四時頃になって妻の容体が急変。

息がしづらいのか呼吸が荒くなった。すぐにナースコールを押して看護師を呼んだ。看護師が痰の切れが悪いと言って病室へ治療器具を持ち込み吸引などの処置をした。妻の体に計器を装着すると、楽になったのか普通に呼吸をしはじめた。


突然、計器の警告音が鳴り響いた。血圧、心拍の数値が急に下がり始めたので、すぐにナースコールを押した。私は、大声で「母さん、母さん」と何度も呼びかけたが、いくら呼んでも体をゆすっても反応しない。

計器の心拍数がゼロを示したまま動かなくなった。まさに、妻の臨終の瞬間だった。二つの眼は閉じたまま、眠ったまま逝ってしまった。

薬石の効なく、力尽きて無常の風とともに五月の空へ。

妻に「ありがとう」の一言も言えなかった。

妻は、何も言わずに私を残して静かに逝ってしまった。

妻が「お父さん、つらい。助けて、お父さん。助けて」と言うのに助けてあげられなかった。何も力になれなかった。悔いが残った。痛恨の極みだ。

妻の亡骸は、眠っているかのように見えた。穏やかな死に顔だった。いつもの寝顔そのものだった。私は、一人ぼっちになってしまった。将之と妻の手を強く握り、浮腫んだ体を摩り大泣きした。主治医が、死亡時刻を五月六日午後四時二十七分と告げた。

悲しい、悲しい別れの日となってしまった。まさかこんなに悲しい、悲しい別れの日がくるとは。なんという悲運だろうか。

病が見つかり余命三か月の宣告を受けながらも一年十か月余り、痛みや薬の副作用と闘いながらよく頑張ってくれた。

妻の亡骸を連れて帰り仏間に安置した。

私は、あんなに元気だった妻の、あまりにも変わり果てた姿を目の当たりにして大泣きした。

集落の人たちが弔問に来てくれた。

親族が見守る中、妻の納棺が始まった。愛し合った妻の体を撫でた。私しか触れていない妻の体を撫でた。これが最後だと思い心を込めて撫でた。

柔肌の温もりも柔肌のいい匂いもない。硬直して冷たくなっていた。

二人が出会ったころ、元気だったころの姿を思い出し、涙が止まらなかった。

棺に納められた妻の亡骸を見るのはとてもつらい。

妻の棺に寄り添い、通夜会場へ向かった。わが家を出るとき、

「母さん、住み慣れたわが家ともお別れだね。もう帰ってこないんだね。悲しいよ。寂しいよ」

と話しかけた。妻の、無言でわが家を後にする姿に涙が溢れてきた。

無言の妻に寄り添うのはとてもつらい。

いつも妻と二人で通った道、いつも二人で話し合いながら通った道、いつも二人で見た景色だと思うと、妻の元気だったころの姿が脳裏に浮かんで涙が止まらない。

通夜会場に設けられた祭壇は、たくさんの菊の花で飾られ厳かな雰囲気が漂っていた。祭壇中央に妻の遺影が飾られていた。遺影をじっと見つめた。

初めて出会った時の目元、口元だった。遺影は何も言わないが、長い、長い歳月を感じた。

思わず二人で歩んできた道のりを振り返った。涙が溢れて止まらなかった。

通夜の儀には、コロナウイルス感染拡大防止の最中であったが、妻の勤め先の人たちや友人たちが大勢参列し、妻の死を悼んでくれた。改めて妻の人徳を感じた。

通夜のあと親族で妻の亡骸を見守った。

私は、棺の中の妻の亡骸を見つめ続け、妻との思い出を話しかけた。初めて出会ったときのこと、初めて結ばれた夜のことを。

「母さん、長い間ありがとうね。明日が最後だね。とても悲しいよ。とても寂しいよ」

と話しかけた。涙が溢れて眠れなかった。

葬儀が始まった。読経の流れるなか、妻の遺影をじっと見つめ続けた。

二人だけの世界を振り返った。妻と出会った日からの出来事が脳裏を駆け巡った。

妻と楽しく暮らした日々が瞼に浮かんで涙が止まらなかった。

今生の別れだと思うと殊更泣けた。

斎場で棺の中の妻の姿を見つめた。妻の冷たく硬直した手を握った。泣きながら握り、泣きながら摩った。これが本当に最後になると思うと胸が詰まった。

「母さん、助けてあげられなくてごめん。何もしてあげられなくてごめん。幸せにしてあげられなくてごめん」と泣きながら何度も詫びた。

荼毘にふされるボタンを押した。

「母さん、長い間ありがとう。もう会えないね。さようなら」

妻の体の焼かれる音が聞こえてきた。もう会えないと思うと一気に涙が込み上げてきた。涙が溢れて止まらなかった。

妻は、夜半の煙となってしまった。

採骨場へ行った。白骨だけの哀れな姿になっていた。

妻の変わり果てた哀れな姿に涙が溢れた。愛し合った妻の体だと思って一心に採骨した。

愛し合って結ばれ、いつまでも一緒だと誓い合った仲なのに、なぜ私を残して死んでしまったのかと。無念に思い泣きながら採骨した。


遺骨を胸に連れ帰り、花に囲まれた小さな祭壇を作った。妻は、生前、

「私が死んだらお花をいっぱい飾って」

と言っていた。

私は、毎朝ご飯とお茶を供えて一心に経を唱えることにした。出かける時は、

「そばにいてくれ。守ってくれ」

と話しかける。帰宅すると、

「帰ってきたよ。無事だったよ。守ってくれてありがとう」

と話しかける。


妻の遺影に向かって二人の思い出を話しかける。思わず、

「母さん、私を残して死ぬなんて早すぎるよ。一人でいるの。どこにいるの。何をしているの。寂しいよ。会いたいよ」

と話しかけてしまう。

妻の遺影は何も言わない。寂しくなる、切なくなる、涙が溢れてくる。

恋女房ふさ枝の「死にたくない。もっともっと長生きをしたい。二人で長生きをしたい。お父さん、助けて」と言い残した言葉を胸に一人ぼっちで生きていくのはとても悲しい。とても寂しい。とてもつらい。

あの優しい心、あの優しい笑顔、あの元気な姿、あの温もりが忘れられない。

恋女房が恋しい、会いたい、話がしたい。

真夜中に妻の「お父さん」と呼ぶ声にふと目が覚める。思わず「母さん」と呼んでしまう。

いつも私の傍で寝ていた妻の姿はない。寂しさが込み上げてくる。

初めての出会いから愛し合い、結ばれ、二人で歩んだ日々が脳裏に浮かぶ。

涙があふれて止まらない。

部屋中に二人の写真を飾った。飾った写真を眺め、

「母さん、どこにいるの。寂しいよ、会いたいよ。話がしたいよ」

と話しかける。返事もしてくれない、何も言ってくれない、黙っているだけ。

こんなに仲睦まじく幸せに暮らしていたのにと振り返る。

なぜ私を残して死んでしまったのかと問いかける。

何も言わない、黙っているだけ。涙があふれてくる。


妻の書き記した日記があった。繰り返し読んでみた。いつの日も家族への愛、思いやりで満ち溢れている。

夫へ、息子たちへ、孫たちへ注いでくれた愛の深さは計り知れない。

妻として、母親として、祖母としての愛だと思うと感謝せずにはいられない。

ついつい涙してしまう。

妻が嫁入りの時にそっと持ってきたアルバムを見た。

修学旅行時の集合写真の妻のセーラー服姿はとても清楚な感じがした。育ちの良さを感じた。

妻の看護学校卒業の記念写真の白衣姿は、まさに白衣の天使だと思った。

どの写真を見ても妻は生き生きと輝いて見える。私には眩しすぎるほどに輝いて見える。

私と出会うことなど予測できたであろうか。不思議な縁だと思う。

妻の父と母の写真を見た。若き日の父は近衛兵だった。制服姿の立派な体格で凛々しく、毅然とした容姿風貌だった。目元口元は妻とそっくりに見えた。母は、にこにこと優しい人柄に見えた。つらい時、嫌な時は、父、母の写真を見つめて頑張ったのだろう。涙を誘う。

初孫侑輝との百日参りの記念写真を見た。家族五人が幸せそうな笑みを浮かべている。妻は、初孫の誕生の喜びに浸っているような表情に見える。初孫侑輝を膝に幸せいっぱいというようないい表情をしている。祖母としての喜びを感じているような表情だ。こんなに幸せな時もあったのになぜ死んだのか、まだまだ長生きできたのにと、思わず涙が溢れてきた。

家の中は、妻が残してくれた家財道具、日用品、愛用品で溢れている。妻が残してくれたこの家も、嫁入り道具も、家財道具も、日用品も、愛用品も全部妻の匂いがする。思わず匂いを嗅いでしまう。見るたびに妻の在りし日の元気な姿が脳裏に浮かぶ。切なくて涙があふれてくる。


街中で同じ年代の元気そうな夫婦連れを見かけると羨ましくなる。スーパーマーケットで夫婦で買い物をしている元気な姿に出会うと妻との在りし日を思い出す。

「お父さん、何が食べたいの。食べたいものを籠に入れてもいいよ」と優しく言ってくれた妻の言葉を思い出す。


私の目の前で買い物をしているこの夫婦も同じことを言い合っているのだろうなと想像してしまう。


人の集う場所で夫婦連れの仲睦まじい光景を目にするたびに羨ましくなる。

私たち夫婦もこんなに元気に輝いていたことだろうにと、思わず涙が出てしまう。


時折、友人が電話を掛けてきてくれる。

「おい、元気か。大丈夫か」と尋ねてくれる。友人の近況を聞いているとその声の響きから夫婦円満を想像してしまう。

友人との会話から、何と不運な境涯だろうかと思ってしまう。羨ましくなる。

夫婦をテーマにしたテレビ番組で、夫唱婦随のシーン見るたびに、従順だった妻のあの優しい笑顔、あの優しい心を思い出してしまう。

私たち夫婦もこんな夫婦であったはずなのにと、思わず涙が出てしまう。

街中で老夫婦を見かけると羨ましくなる。私たち夫婦もこんな老夫婦になれたろうにと。

残念に思い、また涙。


いつの日も私の傍に寄り添っていてくれた妻ふさ枝はもうこの世にいない。

妻ふさ枝は悠久の空にいる。悠久の空の御霊となっている。

妻ふさ枝が悠久の空で叫んでいる。

「つらい、痛い、苦しい。お父さん、助けて、助けて」

「もっともっと長生きをしたい。お父さん、傍にいて」

悠久の空で妻ふさ枝の叫んでいる声が聞こえる。

悠久の空に向かい大声で叫ぶ。悠久の空にいる妻の御霊に向かって大声で叫ぶ。

「大好きだ。愛している。恋しい。会いたい。話がしたい」

と大声で叫ぶ。

晴れた日は、妻のあの温もりを思い出す。あの優しい心を思い出す。

あの優しい眼差しを思い出す。元気に輝いている姿を思い出す。

お日さまに向かって大声で叫ぶ。

「母さん、どこにいるー。恋しいよー、会いたいよー、寂しいよー」

と大声で叫ぶ。

悠久の空に向かって大声で叫ぶ。悠久の空にいる妻の御霊に届けとばかりに大声で叫ぶ。

涙が溢れて止まらない。


東の空に明るく輝くお月さまが見える。三日月も満月も眺めていると妻のあの優しい笑顔に見えてくる。

月夜の晩は、妻と初めて出会った夜のことを思い出す。

妻と初めて結ばれた夜のことを思い出す。

月夜の晩は堪らなく恋しくなる。堪らなく会いたくなる。堪らなく話し合いたくなる。

お月さまに向かってそっと呼びかける。

「母さん、恋しいよー、寂しいよー、会いたいよー、話がしたいよー」

とそっと呼びかける。悠久の空にいる妻の御霊に向かってそっと呼びかける。

また、涙があふれて止まらない。


敦賀は私にとってまさに青春の地だった。妻と初めて出会った敦賀駅前の喫茶店。

初めて口づけを交わした夜の松原海岸。愛していると打ち明けた金ヶ崎宮。

語り合い一夜をともに過ごした赤崎海岸、杉津海岸。

泣いて別れた松原海岸。再会し、結ばれた常宮神社。

愛を確かめ合った野坂山、黒河山、ゴルフ場、敦賀港。

遠い、遠い昔に初めて出会った夜のことを思い出す。

遠い、遠い昔に初めて結ばれた夜のことを思い出す。

妻とともに歩んだ青春の思い出は尽きない。

妻とともに暮らした日々の思い出は尽きない。

一人で妻との思い出の敦賀の地を訪ね歩いた。松原海岸、金ヶ崎宮、常宮神社、杉津海岸、赤崎海岸。妻の在りし日の面影を偲びながら訪ね歩いた。

悠久の空にいる妻に向かって話しかけた。

「母さん、ここが初めて口づけを交わした松原海岸だね。ここが初めて結ばれた常宮神社だね」

二人が出会い、語り合い、愛し合い、結ばれた地は何も変わっていなかった。

空気も匂いも二人で眺めた景色もそのままだった。妻だけが逝ってしまった。

悲しさ、寂しさを残して逝ってしまった。

私は一人で泣いた。妻との過去を振り向き泣いた。涙が溢れて止まらなかった。


亡き妻の除籍謄本を取り寄せるため敦賀市役所へ行った。

道中、高速道路の敦賀トンネルを通過し、敦賀の市街地に差し掛かった。

見慣れた風景と空気に何とも言えない心の安らぎを感じた。大地に抱かれているような気分になった。思わず妻の姿を探した。妻の姿はどこにも見えない。

高速道路脇の稲葉家の菩提寺の新善光寺の前を通りかかると、新善光寺前の井川集落の農道で夜遅くまで寸暇を惜しんで語り合い愛し合った記憶が甦った。

そのときの妻の言葉が未だに耳に残っている。

「好きよ。愛している。離れたくない。いつまでも一緒にいたい」

妻の実家、稲葉家へ立ち寄った。

妻の実家へ通じる道は、高速道路ができて景色は変わったが家並も空気も匂いも変わっていない。高野集落の中ほどにある皆円寺の佇まいも杉木立もそのままだった。白山神社、高野集落の集会所の佇まいもそのままだった。二人が出会ったころ稲子に会える嬉しさを胸にこの道を通い続けたことを思い出した。

妻の兄に促されて屋内に入った。

妻と逢い引きをした居間や妻が使っていた部屋は変わっていない。そのままだった。妻とこの部屋で過ごした時間を振り返った。この部屋で妻と寸暇を惜しんで語り合い妻の優しい笑顔に癒され、愛し合い随分と心が和んだ記憶が甦った。

妻の生まれて育った家、妻と語り合い愛し合い一時を過ごした家だと思うと心の安らぎを覚えた。

妻との思い出を胸に生きるのはとてもつらい。一人ぼっちで生きて行くのはとても悲しい、とても寂しい、とてもつらい。

最愛の妻という生きがいをなくし涙また涙の日々となってしまった。

思えば五十一年前、敦賀の街で私と出会い、私を信じて山村家に嫁いでくれた。一生懸命山村家を守ってくれた。一生懸命家族を守ってくれた。一生懸命働き、命の限り私を支えてくれた。

命の限り一途に私を愛してくれた。命の限り一途に家族を愛してくれた。

三人の息子と四人の孫という宝物を残してくれた。

私にとっては掛け替えのない最高の妻だった。

息子たちにとっても最高の母だった。孫たちにとっても最高の祖母だった。

私は、最高の伴侶に恵まれた。理想の妻だった。山村家へ嫁いでからも従順だった、山村家に相応しい嫁だった。

妻を初めて父、母に紹介したとき、父が「いい娘さんや。申し分ない。早く嫁に貰おう」と言ってくれた意味が理解できた。父の妻を見る目が正しかった。

五月六日と十二月二十八日は、私にとってとても悲しい日、とても寂しい日、とても忘れることのできない日。

五月六日は妻ふさ枝の命日。妻ふさ枝亡きあと二回目の命日が過ぎた。世間はゴールデンウィークで、観光地は家族連れ、夫婦連れでにぎわっていると報じているが、そのたびに妻ふさ枝の病魔に苦しんでいる姿、最後の姿を思い出してしまう。ゴールデンウィークは私にとってとても悲しい日、とても寂しい日といえる。

十二月二十八日は妻ふさ枝の誕生日。

「お父さん、早やから六十歳になってしまったよ。還暦だよね。お父さんといくつまで生きられるのかしら。いつまでも仲よく暮らしたいね」

「母さん、まだ六十歳だよ。まだまだ若いよ。人並みの年まで何十年もあるよ。母さんといつまでも仲よく暮らしたいよ」

などと話し合ったことを思い出す。

十二月二十八日はついつい妻の年を数えてしまう。

平穏に暮らしていれば何も気付かないが、突然の不幸に出会い、気付くこともある。妻は生者必滅の姿を教えてくれた。妻の存在は偉大だと痛感した。妻の存在はありがたいものだと痛感した。妻は人生の荒波に立ち向かう戦友だと痛感した。

私にとって、妻の存在は心の拠りどころだった。

妻の優しい心に甘えて生きてきた。支えられて生きてきた。

私が今日あるのは、妻が一生懸命支えてくれた、命の限りに尽くしてくれた、いつも寄り添ってくれたお陰だと思う。

二人の強い絆で人生の風雪にも耐えられた。そばにいて背中を押してくれたからこそ、様々な困難も克服できた。乗り越えることができた。

妻の存在は、私にとって、まさに人生の頼もしい戦友そのものだった。

妻の喜ぶ顔が見たくて、いつの日も頑張ることができた。全て妻の内助の功だと思う。

妻という生き甲斐をなくし心が折れてしまった。生きる勇気も気力も失せてしまった。

今に至りて妻の存在は偉大だ、ありがたいものだと気付いたが、妻の在りし日の面影は消えない。今もその姿を思い浮かべてしまう。

妻の最期の時、

「母さん、長い間ありがとう」

の一言を言えなかったことを悔やんでいる。

「母さん、助けてあげられなくてごめんな。何もしてあげられなくてごめんな。幸せにしてあげられなくてごめんな」

と詫びている。そして、

「母さん、長いあいだありがとう。ありがとう」

と感謝をしている。

今なお、恋女房ふさ枝への心の糸が切れない。今でも好きだ。大好きだ。愛している。

不思議な巡り合わせで出会い、ともに歩んだ日々を忘れられない。

ともに暮らした日々の思い出は尽きない。消すに消せない思い出ばかり。

いつまでも、いつまでも私の心に残る。

恋女房ふさ枝は悠久の空から私を見守っている。

この世にいないがいつの日も私の心のなかにいる。

私の心のなかで確かに生きている。

〈著者紹介〉
山村達夫（やまむら たつお）
1947年、福井県生まれ。
福井県巡査拝命、家業従事。

桜花《おうか》の露《つゆ》
恋女房《こいにょうぼう》は五月《さつき》の空《そら》へ

2023年5月6日　第1刷発行

著　者　　山村達夫
発行人　　久保田貴幸

発行元　　株式会社 幻冬舎メディアコンサルティング
〒151-0051　東京都渋谷区千駄ヶ谷4-9-7
電話　03-5411-6440（編集）

発売元　　株式会社 幻冬舎
〒151-0051　東京都渋谷区千駄ヶ谷4-9-7
電話　03-5411-6222（営業）

印刷・製本　中央精版印刷株式会社
装　丁　　弓田和則

検印廃止

ISBN 978-4-344-94506-7 C0095
幻冬舎メディアコンサルティングＨＰ
https://www.gentosha-mc.com/